◎ 傅金良 著

溪拾韵

江西教育出版社
JIANGXI EDUCATION PUBLISHING HOUSE

·南昌·

赣版权登字-02-2024-338

图书在版编目（CIP）数据

丰溪拾韵 / 傅金良著. -- 南昌 ：江西教育出版社，
2024. 9. -- ISBN 978-7-5705-4437-0

Ⅰ．I227

中国国家版本馆CIP数据核字第20246LA146号

丰溪拾韵
FENGXI SHI YUN

傅金良　著

江西教育出版社出版
（南昌市学府大道299号　邮编：330038）

各地新华书店经销
江西雅致印务有限公司印刷
787毫米×1092毫米　　16开本　　18.75印张　　152千字
2024年9月第1版　　　2024年9月第1次印刷

ISBN 978-7-5705-4437-0
定价：68.00元

赣教版图书如有印装质量问题，请向我社调换　电话：0791-86710427
总编室电话：0791-86705643　　编辑部电话：0791-86705903
投稿邮箱：JXJYCBS@163.com　　网址：http://www.jxeph.com

溪山句射斗，卓尔思不群

——赏读傅金良先生《丰溪拾韵》

蒋敦鑫

　　十年前，初读傅金良先生的《丰溪拾韵》初稿，心灵就十分震撼。作为广丰西部的建筑巨擘、土木工程师、企业管理者，他日理万机，却自称自己是"溪山闲人"，给世人奉献了一本合律合辙的古体诗词集，太出意料。十年后，再读他修订后的《丰溪拾韵》，心灵又更受震撼。这本从案头上千篇诗词作品中精选出来的集子，让我们读到了作者的成熟与老到，读到了作者深邃广博的家国情怀，读到了作者倾注于溪山乡村田园的深爱，读到了作者审美的倾向，读到了作者创作个性、创作风格的确立与成熟。

深邃广博的家国情怀

《丰溪拾韵》最令人情动于中者，是作者的家国情怀。

傅先生因工作之需，于大江南北留下了许多足迹，同时亦留下了许多佳作。他以他的诗笔，饱蘸情感色彩，描绘祖国河山的壮丽，展示对祖国深沉的爱恋。他以高亢的歌喉，讴歌名胜古迹，彰显祖国的人杰地灵。他凭吊、拜谒千古风流人物，传颂英雄豪杰、民族精神。他钩沉史事，评说国是，不失国家主人翁风度。在《丰溪拾韵》里，我们可以欣赏到五岳崇高、大漠浩瀚，可以欣赏到桂林山水、西湖烟波、秦淮风月、庐山风光；可以听到作者面对荒冢废都、英雄末路的惋叹；可以看到天京陷落、荆轲图穷、项羽四面楚歌、关公败走麦城、白居易泪湿青衫、宋江浔阳楼怒题反诗。上至尧天舜日，下至当今民族复兴，天南地北，人、物、史、事，尽入爱恋胸怀，倾注深情厚意，正如作者所吟唱的那样："四海寄萍踪"，"风雷入仄平"。

有道是，诗歌无国界，诗人有祖国，热爱祖国是每一位诗人的本分。即使是一株轻飘飘的蒲公英，被狂风吹落天涯海角，它的根永远在原地。当然爱有分量的不同，情有深浅之分，像傅金良先生的爱这样火热、执着，这样深邃、广博，那就要靠自己的修养、觉悟，靠诗歌落笔的功力了。更值得一提的是，傅先生不是"玩空手道""天桥把式"，他对祖国的爱，用墨水书写，也用汗水书写。他身体力行，投身祖国大西南的开发与建设，在云贵高原的十万大山中，带着人马开挖矿山巷道，在稿纸上留下了诗，也在祖国大地上写爱恋之诗。

对于国之爱，《诗经》里就有表现，方法有两种：一种是直抒胸臆的歌颂，另一种是真诚柔婉的讽谏。傅金良先生传承薪火，对此拿捏十分到位。他一方面"史经远鉴千古事，花木堪吟四季歌"，一方面又"万里烽烟憔故国，一腔涕泪吊山河"。现实生活里并非全是诗，全是歌，即使是桃花源里，也有花儿不开的角落。在"百载风云温壮举，千秋史册树丰碑"的歌颂之外，也有困惑与心痛，虽不是泪湿青衫，但衣襟依然有些惋惜泪痕。作者以赤子之诚，吐露出一种别样的深沉爱恋。在《调笑令》中，作者和师而吟："炊饼，炊饼，今日已非昔景。门前武字招牌，店里三寸小鞋。鞋小，鞋小，困倒英雄多少？"在《有感房价高涨》中，作者热血地为"蚁族"发问："百丈高楼流水车，喧喧都市竞奢华。可怜蚁族忙昏昼，遍地新房何处家？"

倾情于祖国的胸怀，也常常倾情于家。国是大家，小家是国之细胞。家与国是难以割裂的，家的和美是国长治久安的基础，国的长治久安是每一个小家的福祉，为爱国抛家别舍，为爱家叛国叛民，这都是非常境况下的时代怪胎。诗人傅金良在作品与行动中，家国情怀是完美统一的。在他的诗笔下、涛笺上，宣泄满腔的国爱，同样也宣泄深沉的家爱。他含情脉脉地经营他的小家："清流来远堑，柳岸隐人家。东郭松摇翠，西窗日送霞。孤吟邀瘦竹，借韵问寒花。垦罢秋园计，春临还种瓜。"（《奉和师〈题溪山居〉》）即使去到天涯海角，他对家的牵挂依然："天涯长作客，乡梦自然生。"（《冬至寄师》）一旦完成使命，回到家这个小天地里，立马重新修葺三径："偕侣归来秋日暮，溪边重扫琴庐。……贤妻侍墨伴闲余。悄言相试问：能否习诗书？"（《临江仙·度晚》）美满和谐的家族生活，如在目前。

乡村溪山的华美画卷

《丰溪拾韵》是情爱的歌咏，除家国的爱恋之外，还有大量的梓里故土的爱。其中歌咏乡村溪山风光的作品，是一幅幅美不胜收的画卷。这是傅金良先生对植根的热土的歌唱，也是他的家国情怀的拓展与延伸。

在展示家国情怀的时候，作者大多直抒胸臆，感情像一团火；表现乡村溪山之爱的时候，作者将自己的诗笔，幻化成五彩画笔，把乡村溪山凝固涛笺之上，美轮美奂。虽然不事雕琢，多用白描，但色调鲜明，声情并茂，心境、物境融为一体，引人入胜。"青峰雨过白云栖，晓看春潮涨小溪。浪浊不知鱼匿处，轻舟夜泊绿杨堤。"（《春溪》）诗人晨起漫步，只见雨洗后的山峰更加青翠，朵朵白云栖息其上。春潮涨了，小溪浊流湍急，平日清澈如镜的溪水中游弋嬉戏的鱼儿不知藏匿到何处去了，几叶轻舟停靠在绿杨堤岸。这幅色彩明净的溪山风景图，使人想起"诗中有画，画中有诗"的美誉。

《奉和金水同学〈壶山聚友〉诗》是一首乡村田园风光诗。作者于诗的开篇，直入主题"夹道鸣蝉惊翠枝"，从声与色的描绘起笔，委婉地把读者带入乡村诗境。接着作者用了侧笔，以烘云托月之法作进一步的描绘："主人莫怪客来迟。"乡村田园风光太美了，几乎使行路人挪不动脚，以至于耽误了聚会约定的时间，姗姗来迟，首联不同凡响。颔联对仗工巧："路多岭树难穷目，舍带烟霞半卧池。"既承上又启下：承上，交代了姗姗来迟的原因；启下，引出了思念、向往乡村田园风光的话题。此联也是一幅美不胜收的可以独立成图的广角画。颈联"梓里传书曾数度，梦中思雁已多时"，从字面上看，诗从描绘转入了回忆与陈述，但明眼人能一眼看出，作者借机用了曲笔，使作品进入了对乡村田园的赞美的一个更深层次。诗的尾联，作者以情语佳句束收全篇："山乡气息真堪恋，野草闲花尽可诗。"全诗直接描写、间接描写交替使用，形象地造景，意象鲜明，一步步把对乡村田园风光的描绘，推向高潮，给人以美的享受。

　　傅金良先生长于田园乡村风光的描绘，在于他擅于抓事物的特点。描写江南水乡，紧扣其"柔美"；描绘西部乡村风光，则紧扣其"奇美"。"几处幽堤石径藏，清风溪上晚来凉。邻翁消夏萌新意，醉卧沙滩一梦长。"(《咏时景二首》)"黔山多散户，岭半晓闻鸡。马道云间绕，竹庐星下栖。壑幽泉作瀑，坡陡地成梯。濯足凌云处，千峰眼望低。"(《黔西行》)两首诗都是乡村田园风俗画，作者随手拈来，但柔美与奇美，界限分明。

鲜明的创作个性与风格

诗歌作为文学艺术，是一种特殊的精神产品。傅金良先生几十年的学习、实践、探索，学会了在自己的诗词里留下个人的印记。《丰溪拾韵》的作品中，诗人作为创作的主体，他的性格、气质、禀赋、才能、心理等等，都很自然地投射与熔铸进去了。这便是人们常说的创作的个性化，是诗人成熟、成功的重要标志。

一个作家或诗人，要在群落中立得起来，必须有鲜明独特的创作个性与风格。我们向经典学习，向"大腕"学习，与诗友交流，目的就在于吸取营养，最终形成、树立自己的创作个性与风格，偏离这个目标，永远只能是鹦鹉学舌。傅金良先生写作诗词，是真正用"心"去写的，他不从众、不凑趣、不附庸风雅，不追风应景。他有看法、有主张、有理想，站在高处，放眼远处，严肃地把诗词写作当成文化传承、开拓致远的事业。在他的诗词中，我们能看到他独特的人生道路、生活阅历，能体味到他深厚的修养、长远的目光，能读到他不凡的审美体验、审美追求。他的诗词作品，朴素自然，通俗浅近，不事雕琢，贴近生活，可读性很强，读来很亲切，很有感染力，没有象牙之塔的气味。从题材的选择、主题的确立，到构思的方式、表现的角度来看，他都已经有了自己鲜明独特的风格。

真正成熟的诗人，都有各自鲜明的艺术风格，这是创作隽永作品的"金针"。元好问说"鸳鸯绣了从教看，莫把金针度与人"，这是玩笑话，"金针"岂是可以度人的东西？事实上，艺术创作的金针，尽管丢满一地，谁又能捡得走一枚呢？陆游对问诗的儿子说："汝果欲学诗，功夫在诗外。"创作个性与艺术风格，要靠自己长期实践、刻苦修养、深入探求，然后才能逐步确立、养成。

赏读傅金良的《丰溪拾韵》，是一种学习，也是一种享受。合上书本，我情不自禁地吟下了一首古体小诗："家国通诗梦，笔回开合云。溪山句射斗，卓尔思不群。"

仰君儒雅有高风

——读傅金良先生《丰溪拾韵》

刘国强

《丰溪拾韵》是傅金良先生从他上千篇诗稿词章中精而再精挑选出来结成的集子，收录诗词近五百首，内容包含吊古怀今、社会风貌、自然山水、伤情别离、感时寄远、生活经历等。可以说是篇篇锦绣、字字珠玑，耐读耐品耐回味。

我赏读《丰溪拾韵》初稿那是两年前的五月。那时和现时一样，桑阴正绿，榴火初红。不一样的是，那个时候经常听闻外面有毒霾肆虐。我住在溪声催梦、竹影摇窗的傅园，连日与傅金良先生品茗聊天，沉浸在透着淡淡墨香的一大摞诗词稿本之中。拜读之余，为傅金良先生的诗词成就所钦，即兴吟诗一首《读傅金良先生诗稿有感》："班门巧匠变诗翁，叠叠云笺傲玉丛。嗟我才名无半面，仰君儒雅有高风。吟怀不满千篇在，江笔犹敲一字工。窗外溪声堪悦耳，澄心抚梦故人同。"

我与傅金良先生相知相交缘于诗词，严格地讲，傅金良先生是我涉足吟坛的入门老师。我早年就喜爱唐音宋韵，常常吟哦李杜与苏辛，只是苦于天资愚钝，一直没弄明白恼人的平仄，以致久久成了向往个中风景的门外汉。大概是 2017 年秋冬的时候，我与家乡几个文友多了一些交流交往，一来二去便结识了广丰诗词界当时的领军人物傅金良先生。傅先生长我十多岁，他性情豪爽、谦和朴诚、善交朋友，初次相识就拉我进了广丰梦霞诗群，随后更是不吝指导评点我的习作。后来，傅金良先生又推荐我加入三江诗社（现名江西省信江诗词楹联学社）。寒来暑往，人虽相隔千里，情却同出一源，彼此相惜相牵，酬唱应和，很自然地成了莫逆之交。正因如此，傅先生执意让我写几句话以为诗集之序。我只好不辞孟浪应承了下来。

格律诗词具有用词凝练、意境含蓄、诗画合一、形象生动的特点，创作格律诗词是需要深厚的文学功底的。读了《丰溪拾韵》，谁能想象作者的第一学历仅是初中毕业呢？傅金良先生命途坎坷，饱经风霜。他

8 岁丧父，15 岁初中毕业后就为生计奔忙，先是做杂役，后又投师学石匠，正值韶年，却又被下放十载，远离家乡打工。而立之年后，虽然工作相对稳定一些，但未及退休又遭遇企业改制，不得已再次如南莺北燕似的外出谋生。尽管一路艰辛打拼，傅金良先生却从未停止对知识执着渴求、对诗词刻苦钻研的脚步。从收录进《丰溪拾韵》的诗稿看，傅金良先生写于 2003 年的律诗就相当老到了。例如，《贺〈江北诗词〉创刊一周年》："苍海烟波渺，名城翰墨香。文心江北动，豪气鲁中扬。刊聚千家粹，书容百姓章。涓泉深壑出，一滴欲归洋。"这是傅金良先生第一次投稿被刊用后写的一首贺诗，诗中词语清新灵动，首联、颔联和颈联连用三个对仗，联联工稳妥帖，尤其是尾联末句"一滴欲归洋"，意蕴深远，耐人寻味。正是这一句，让我大致明白了傅金良先生从一名石匠蜕变为一名诗人的背后的那些集腋成裘的坚持，也让我联想到了只是小学五年级肄业学历却是首位中国籍诺贝尔文学奖获得者的莫言。诸多事实表明，一个人能否成才，基本上不由读了什么名校、拜了什么名师决定，不由学习条件之优劣、家庭是否富有决定。真正起决定作用的是自己，具体地说，是自己的志趣、理想和执着的精神。

傅金良先生学写诗词时已经过了知天命之年，他自己说是"半路出家"。这个年龄段的人大多洞悉人生，比较豁达，做事情通常是努力作为但不苛求结果。因了这种心态，有时反而收到意想不到的成就。傅金良先生应该就是这样的一个人。他从涉猎诗词开始，不为名不为利，自娱自乐，"自吟风月亲儒雅，也作长歌效楚狂"（《读披云诗评有感》），一步一个脚印地耕作前行，心无旁骛，肆意纵笔，才情尽展。不少方家评价傅金良先生：既能诗又擅词，尤以律诗见长。纵观傅金良先生写诗填词的20多年历程，大致可分为三个阶段：2014年之前为练笔探索阶段。这一阶段，他把主要精力放在对诗词创作普遍规律的认识上，边学习边创作，想到什么写什么，自珍自赏，基本上没有进行交流。正如他自己所言："山乡气息真堪恋，野草闲花尽可诗。"（《奉和金水同学〈壶山聚友〉诗》）2015年至2018年为发展提升阶段。这一阶段，是傅金良先生诗歌创作的高产阶段，也是他与天南地北诗友频繁交流的一个阶段，更是逐渐形成自己诗词风格的一个重要阶段。他所作诗词内容丰富多样，思想也较第一阶段充实，时有佳作佳句出现。代表作品有《冬至寄师》《晚居》《戊戌白露有感》《梦师》《咏竹》等。2019年后为旷达成熟阶段。这一阶段傅先生已届古稀之年，其诗歌风华内敛，于平淡之中更多了一份对生活、对人生的思考，自觉不自觉地会将自己的经历、思想、情感作为主题，注重境界的提升，在意境和情感的容量上也大大地超过了前期。比如，他有"把余年，种梅插柳"的闲淡，也有"少年空寄嫖姚梦，垂老还亲工部诗"的志趣，更有"春光追未及，矢志晚争雄"的奋发，读来令人感佩不已。傅金良先生以积极心处事，以圣洁心自守，用心记录生活的点滴，用情谱写岁月的篇章，这种儒道互补的精神，让他不仅在诗词领域拥有不少志趣相投的朋友，而且在诗词创作上也提高到了一个让许多人仰望的境界。

写诗填词是讲究个性的，没有个性就没有魅力。傅金良先生诗词的艺术风格如同他的为人处世：质朴无华。他不追求词藻的华丽，也不刻意修饰，更不迎合时尚，但又于平淡中蕴含着深意。傅先生有诗云："不作奢华态，长怀草野风。"（《月季吟》）我读他的诗词，譬如聆听一曲舒缓流畅的轻音乐，能感受到一种简淡平和和天真自然的风调；又如赏兰，着意闻时不肯香，香在无心处；还恰如品一壶好茶，清香在于喝过之后口中留有的余味。我想，傅金良先生的这种恬淡心性和作诗风格，应该与他特定生活的濡染、特定环境的熏陶、特定人物的影响不无关系。在傅先生的诗词中，隐约可见萧梦霞、蒋敦鑫前辈的影子，当然更多的是他自己鲜明的不去雕饰的艺术个性。傅金良先生无论创作哪种题材的诗词，都能迅速聚集和调动自己的知识积累和生活经验，用朴实的诗语直接陈述，多半是白描，从容挥笔，信手拈来，显得特别真切深刻，富有情味，平易近人。如《春日感落花诗》："姗姗来却去匆匆，伫立庭前吊落红。百日荣枯随节令，一番迎送属东风。繁华勘破能成佛，生死看开已作翁。人世从来多变幻，玉堂金马转头空。"这样通俗的诗在《丰溪拾韵》中随处可见，乍一看，如同与渔夫村妇闲聊，娓娓道来，浅显易懂，细细咀嚼却又令人深思省悟。

傅金良先生的诗风诗语虽然趋向于通俗化，看似随性而发、平淡无奇，沉心深入则会发现他真的是苦心孤诣，匠心别具。他对抒情方式、修辞手法、描写技法、构思章法驾轻就熟，常常通过语序倒装、以小见大、借代隐含、虚实相间、时空跳跃、化用典故等手法，抒发自己的情感，体现作品的主题，烘托美好的意境。特别是擅用赋比兴的手法，设置言外之意、弦外之音、景外之景、象外之象，给读者留下艺术想象和再创造的空间，进而达到状物抒怀、寄情言志、愉悦心灵的目的。比如，他有三首追念已故兄长的七律，首联都用了一些渲染情感的意象来起兴："重入芜园黯夕晖，萧萧草树似依稀"（《故园思兄》）、"纷纷细雨岭云昏，独上南坡吊寂魂"（《丙申清明为兄扫墓》）、"春寒难尽雨疏疏，坡上花枝一望芜"（《丁酉清明为兄扫墓》）。字里行间，墨泪交萦，读后令人顿生悲切之情，艺术感染力由此可见一斑。恰如吴乔《围炉诗话》所云："景物无自生，唯情所化，情哀则景哀，情乐则景乐。"

诗人通常有浓郁的山水田园情结，喜欢在青山绿水中享受自然、感悟人生、寄放灵魂。傅金良先生也不例外。他既深爱自己那处依山傍水的傅园——"避尘村野外，屋与碧溪邻"，又喜欢到远离尘嚣的大自然中去放松身心——"百里峰波看不厌，颠簸几度入桃源"。从入编《丰溪拾韵》的诗作看，寄情山水的诗词占有相当比例，他把闲暇时光过得诗意盎然、有滋有味。例如："濯足凌云处，千峰眼望低"（《黔西行》）、"佛殿松间隐，梵音风里听"（《夏日望广灵寺》）、"九霄直达有天梯，鸟瞰红尘万壑低"（《游张家界》）、"一石擎天傲宇穹，危崖步步入云中"（《游武夷天游峰》）、"但得山中围一席，结庵清静好攻书"（《游黄山》）、"脚底云凝邀浩宇，耳边松劲识山风"（《初游安福武功山羊狮慕》）等。登山则情满于山，涉水则意溢于水，可以看出，山水给了诗人无端的感动和情感的归依。我每次回故里，只要我的行程允许，傅金良先生都会约我同览周边的一些名胜古迹。有一年初夏时节，我也特邀傅金良先生约三五好友一聚，乘兴啸青吟翠，游了仙女湖、羊狮慕等地。我发现，徜徉在好山好水之中的傅金良先生，心情特别爽朗，常能听见他发自内心的欢笑。这个时候，他的诗情澎湃，诗思飞扬，很快地会把大自然的每一分绝色，定格在一篇篇唯美的诗篇中。

近来，我与傅金良先生又有一场烟波之约，期待能早日成行，携手骑旎。愿傅先生诗心不老，笔墨常新。

2023 年 5 月于新余

目　录

卷一　诗

贺《江北诗词》创刊一周年

沧海烟波渺，名城翰墨香。

文心江北动，豪气鲁中扬。

刊聚千家粹，书容百姓章。

涓泉深壑出，一滴欲归洋。

注：《江北诗词》为山东省莱芜市创办的一个专业
诗词刊物，很受诗词爱好者欢迎。余第一次投稿即被
刊登，很受鼓励，故作此以贺。此诗写于 2003 年。

游铜钹山白花岩

东南峙立傲群雄，百里苍峦脚下重。

际会风云凌万壑，独尊天地冠千峰。

山川险峻谋人杰，洞穴深幽隐卧龙。

眼前松涛声未歇，白花寺里又闻钟。

注：白花岩为广丰名胜三岩之首，地处铜钹山中，
岩下有一禅寺，古贤今人多有吟咏，余亦数度与友唱和。

白花岩邻九仙山，清代中叶有杨文、杨武兄弟聚九千人起义。白花岩下有一洞穴，相传有卧龙藏于洞中。

观越剧《西厢记》

禅门栖读子，深院邂娇娥。

艳入三更梦，情生万丈波。

片书驱悍寇，一柬救沉疴。

莫赞佳人赋，丫环犹可歌。

注：《西厢记》为元代杂曲家王实甫所著，被改编成各种古装戏广为流传。

游黄果树瀑布

悬挂高崖半入天，穿云破雾落人间。

青山也惜瑶池水，自辟胸怀作大川。

注：黄果树瀑布位于贵阳市西约 100 公里，此诗写于 2005 年，时在贵州务工。

登庐山

山路百旋云海奔，匡庐真面与谁论？

鄱湖远眺烟波渺，仙洞迟归暮蔼昏。

一纸谏书悲傲骨，千秋史笔记铮魂。

今人竞步青云路，空有桃花世外源。

注：庐山为全国著名旅游避暑胜地。1959 年彭德怀因上万言书被罢官。此诗作于 2007 年。

游铜钹山

深山高处落清泉，万壑千沟汇大川。

碧水一溪依峻壁，青峰两岸带轻烟。

凌霄寺欲云中立，醉月庄思波里眠。

富贵年年求不得，何如此处作悠仙。

注：铜钹山为广丰第一名胜，曾经千年封禁，水碧山青，生态良好，中有诸多景点，如白花岩、悟道尖、九仙湖、红豆杉村、古驿道小丰等，余曾十多次采访，尚未能遍览诸景。此诗为 2006 年作。

读史·太平天国

阴阳换转信轮回，涂炭生灵事可哀。

七世胡朝皇梦续，十年天国大风摧。

悲歌曲尽千秋论，壮举尘消一刹埃。

喋血金陵城廓在，三更冷月照楼台。

注：读史有感，写于 2005 年。

丙申中秋

黔山默默赣江喧，海角天涯共月圆。

圆月难能圆夕夕，别家总是别年年。

人间此日愁孤羿，天上今宵醉八仙。

一点归心空似箭，依然寂寞对婵娟。

注：2004—2008 年余在黔西务工时作此诗，连年在外，已近花甲，难免思乡情浓，月下漫步，隔山望乡，感而吟咏。

秋感

遥闻北极动寒流，一洗乾坤万里秋。

珠露不思滋小草，金风只欲爽神州。

荣枯本是天规律，贫富半为人划谋。

可叹几多云路客，空将岁月觅封侯。

注：此诗写于 2007 年在黔西务工时。

赠纪英虎校长

勇向荆丛独骋驰，十年尝尽债台滋。

舟行逆水帆难正，虎落平阳犬敢欺。

孔庙繁规非尔适，杏坛五味只君知。

挂冠此日江湖去，笑看黉门醒睡狮。

注：纪英虎，广丰实验学校原校长，一生痴心于教育事业，曾因实验学校初创负债而操心，现自办私立高中。此诗写于 2007 年。

次蒋敦鑫老师《游白花岩》韵

百里清溪九曲弯，峰回路转访名山。

难随春雨三番顾，且伴东风半日闲。

古刹承香僧有道，田园沐露岁无艰。

前朝遗赋多神笔，今日吟来犹动颜。

注：恩师蒋敦鑫，擅文，当代广丰文学先驱，前半生清贫，拨乱反正后始得重用。退休后习诗。余与师亦为远亲，按辈师当以叔称余，故师称余季叔。此诗写于2007年春游白花岩观先贤遗诗后互酬。

黔西寄师

斜阳碧草牧悠悠，雁字南归报暮秋。

寂寞边城沙涌雪，浩茫大漠月悬钩。

胡汗狩迹遗关外，汉帝雕弓镇远州。

陋客不知时已易，鸿书犹寄杞人忧。

注：此诗为2005年暮秋师在包头、余在黔西时两人唱和之作。

春闲寄师

梦幻人生不甚真，溪山一角寄闲身。

灞陵柳色年年旧，近代诗风日日新。

学借东斋三寸烛，礼尊尧舜两朝人。

何当静读春秋典，庾信文章老更神。

注：此诗为 2008 年归乡后与师唱和。

忆家父弥留之际

长居市井小营生，陋铺当街一柜横。

新国初开太平世，病躯欲赴地藏城。

剧怜稚子身犹弱，更恐荆妻担不轻。

望眼凄然难撒手，满腮涕泪泣无声。

注：余七岁父亲已染重病，临逝前凄语托母，至今思来，不胜悲伤。

游太原

高垣古堞认前朝，铁马烽烟一梦遥。

赵魏封疆空有界，隋唐地域竟无漕。

兵争三晋干戈息，佛驻五台钟鼓逍。

悬瓮旧祠今尚在，五原四塞事寥寥。

注：2009 年余第一次到太原出差，游览了晋祠。
三晋：春秋时期太原位于晋，后赵魏韩三家分晋自立。
悬瓮：在太原晋祠中，汾水发源处。

听筝

幽室惊闻裂帛声，嘶蝉屏息静啼莺。

初如细雨芭蕉点，忽作狂风旷野鸣。

流水声声听雅意，金戈烈烈见豪情。

人间此日清音少，劲舞靡歌塞满城。

注：文友刘志明之女，聪慧多才，志明宴客，酒后一曲古筝，久萦于耳，令人如醉如痴。此诗写于 2009 年。

读卢刚小说《菜箱筒》有感

大樟树下大埠头，倏忽人间几度秋。

旧迹弥消成远梦，故人寥落对残楼。

读章此日非无憾，鉴史当年尚有忧。

一个菜箱新冒富，万家蚁穴泪难收。

注：卢刚，广丰现代作家，著有小说、散文等多篇，五十余岁时英年早逝。卢刚小说《菜箱筒》主人翁为洋口一个创业致富者，为人颇有争议。大埠头：洋口镇原水运码头，现已消失。

游灵鹫寺

雷音一脉蕴青峦，灵鹫西来结佛坛。

域外金身莲作座，汉家殿宇玉为栏。

河山已逐中兴热，古刹犹遗剩雪寒。

方丈痴心悟禅理，只知翰墨不知官。

注：灵鹫寺为广丰第二大古寺，20 世纪 90 年代

后重修。2010 年重修后，余游时寺中尚有残雪。灵鹫寺主持擅书法，寺中多留墨宝。

咏雪

凭栏遥望玉堆堤，琼树参差九曲溪。
万里云笼山郭暗，一川絮落野踪迷。
难填贪谷千重壑，已沃田园三尺泥。
都道丰年多瑞雪，农家几处重耕犁？

注：此诗作于 2009 年。

咏史·荆轲刺秦

关中铁骑出西京，匕首何能制死生？
六国未闻存社稷，燕丹应憾托荆卿。
图穷枉掷千钧刃，梦短空修万里城。
易水萧萧空有恨，亡秦还待项刘盟。

注：此诗作于 2009 年。

咏史·西楚霸王

马踏秦陵开霸图，鸿门一着满盘输。

已无亚父千秋策，徒有沙场万里驹。

虎帐更深闻楚笛，柳营舞尽哭娇虞。

可怜八载山河劫，化作南柯一梦虚。

注：此诗作于 2009 年。

咏史·屈原

楚地封疆五十州，秦王有意尽囊收。

潇湘难解屠城劫，赤子空怀去国忧。

千古离骚真史典，万方烽火乱春秋。

九歌声后英魂寂，长看遗民祭不休。

注：此诗作于 2009 年。

咏史·关羽

感天肝胆炳春秋，一诺桃园义白头。

无悔封金别权相，岂因大意失荆州。

魏吴不灭原天意，龙兔无功欠运筹。

放眼千年遗史册，流芳几个比君侯。

注：此诗写于 2010 年。龙兔：青龙刀、赤兔马。

夜读

逸意豪怀只两论，山居久闭落花门。

梅荣一树眠香梦，月满乾坤抱玉魂。

五代诗风遗晋骨，六朝神韵出唐源。

书香何日回瀛上，重向洋江问旧村。

注：此诗 2011 年写于洋口。瀛上：即瀛洲。洋江：余居处名洋江村。

壬辰七夕

九霄云涌恨波长，今夕鹊桥牵断肠。

入世有心亲犊子，归天无处拜阿娘。

寒庐情笃同耕垅，银汉身萧独望乡。

最是烟岚飘渺处，隔河夜夜对痴郎。

注：此诗作于 2012 年。

都门桥怀古

桥跨清溪石径幽，都门车马闹街楼。

雕檐刻石今犹在，百载繁华逐水流。

注：都门桥，洋口三座古石桥之一。洋口：古称
廿九都，都门桥为进洋口首桥，连接古镇最繁华闹街
中山街，街上高楼林立。此诗写于 2011 年。

游正兴画廊

偷得浮生半日闲，名家笔下看溪山。

乾坤万里娇如画，尽在丹青尺幅间。

注：正兴画廊是广丰一间装裱店，展销名家字画，主人名正兴。此诗写于 2011 年。

春溪

青峰雨过白云栖，晓看春潮涨小溪。

浪浊不知鱼匿处，轻舟夜泊绿杨堤。

注：此诗写于 2011 年春。

壬辰夏应邀至农家小酌

六月开琼宴，故人邀旧居。

情如三伏炽，意欲一宵舒。

把酒清香溢，谈诗韵味余。

儒农钟国粹，耕读不身虚。

注：王永寿先生，广丰下溪人，爱好文学，喜交朋友，常邀余等聚酌。此诗写于 2012 年。

读《东斋论语》

陋室无珠迹，杏坛有犁痕。

东斋半世烛，长照读书园。

注：《东斋论语》为蒋敦鑫老师集 50 年教育心得的一部教学专著，于 2008 年出版。

立夏寄师

白沙溪里碧波柔，雨过红销水带愁。

兰蕙不知春已尽，犹同修竹竞风流。

注：此诗写于 2011 年夏。

暑天读披云见寄，原玉奉和

伏天拂案气如蒸，读句清新犹抱冰。

律自唐生弦有继，辞从海觅力难能。

曾因国乱荒千畎，莫笑家贫较斗升。

百丈书山望冗冗，邯郸道上盼明灯。

注：披云先生名陈骥，是广丰籍成名早、著述丰
的年轻诗人，为广丰诗词事业的发展做了大量工作。
此诗写于 2011 年夏。

谷雨

山壑初晴绿映红，万方春色正融融。

杜鹃花带纷纷雨，杨柳枝摇细细风。

欲逝韶华逐流水，半芜山院卧衰翁。

歌莺舞燕何时再，布谷声声唤宇中。

注：此诗写于 2009 年余刚退休时。

新年寄友

腊尽寒园不见花，一丝春意到儒家。

何须金玉中堂满，自有文章后世夸。

七步吟诗心易倦，三杯脱帽笔频斜。

南山垦得荒芜地，沽酒过年不用赊。

注：此诗写于 2012 年春节，寄当时广丰创办《文友》之诸友人。

清明为母扫墓

松阴张盖护慈门，寂寞九泉幽路昏。
一炷香消心亦碎，十年悲尽泪何存。
杜鹃尚泣殷殷血，游子难偿浩浩恩。
鸡嬷山前寒食道，东风梦里总牵魂。

注：此诗写于 2008 年。慈母逝世十年，余亦花甲矣，不尽感慨。

壬辰暮春访伴兰居士朱德馨先生

溪路峰回石径弯，翠林栖鸟自悠闲。
数楹小筑分庭立，一壑清泉绕屋环。
翰墨香生三昧室，兰居日伴两童颜。

欲寻彭泽迷烟柳，信步桃源疑梦间。

注：朱德馨先生曾为婺源县诗词楹联学会会长，号伴兰居士。朱先生夫妻均擅诗词，居处为婺源山村，恬静幽雅。

次韵油富先生《见寄》

溪畔凭栏晚，烦心顿自清。

熔山看夕照，击水动风声。

诗酒豪情寄，文章妙笔生。

林泉归已久，荣辱复何惊。

注：周油富，广丰实验学校教师，曾任广丰诗词学会秘书长。

有感广丰诗词学会成立二首

一

慕唐三百客，飘泊愧无家。

若问骚坛事，相逢共一嗟。

二

借得丰年雪，润吾吟客花。

东风终有讯，一夜暖京华。

注：广丰诗词学会成立于 2010 年，为广丰诗词人之家。

谢卢刚先生冬日洋口街宴友

谁设梅花席，坊间招五贤。

冰身逢酒暖，豪气任杯燃。

玉有千金价，情轻百万钱。

何时重聚首，一醉乐忘年。

注：卢刚先生为余之文友，时赴席者永寿、绵浩、世龙、树林及余，席间世龙示千金之玉，为我等开眼界。

谢陈骥赠书

阙里文风冷，空怀问粹心。

承君千里意，胜我十年吟。

登岳瞻天地，窥唐探古今。

思鸿三五夜，明月隔帘侵。

注：披云先生（陈骥）常赠书于余，为余之良师，曾赠唐诗精品七律、五律二册。

秋梧吟

繁霜侵古道，萧瑟入凉目。

斜日映苍梧，梧叶枝头熟。

不似霜枫赤，难如春柳绿。

自染黄金色，应拜秋阳沐。

寒气天山至，群芳一夜秃。

回看横秋梧，落叶风中逐。

叶尽梧身老，雄躯生肃穆。

昔时栖凤枝，寂寞向天蠹。

三秋将已尽，悴颜如萎菊。

长叹人生路，啸吟山居独。

注：此诗写于 2009 年退休后。

端午观龙舟赛

城西堤外盈盈水，不到端阳不见龙。

未觉风云九霄动，先闻杀气一江笼。

千年鼓角空争霸，百战貔貅谁论功。

日落硝烟随暮散，清波汩汩映残红。

注：此诗写于赋闲在家时。

正月离家赴黔

怅向春楼别酒杯，东风不教黯云开。

荧屏夜夜观晴雨，冷暖江南最入怀。

注：此诗作于 2008 年，时余已四年在外，仅过春

节归家，冷雨霏霏，倍增伤感。

游长江三峡

晓发朝天埠，楼船薄雾中。

踏波惊蜀景，萍水侃吴翁。

巫峡风吹浪，巴山猿啸空。

滔滔千里水，一棹下江东。

注：1998 年三峡大坝蓄水前余携妻自重庆朝天码头下三峡一游，十年后忆作此诗。

黔西咏景四首

一

东来岚气漫苍峰，碧宇云飞幻九重。

山壑雨晴娇欲滴，丹青一卷墨香浓。

二

百里青山抱小溪，桃花二月看黔西。

东风昨夜开千树，闲笔无端又命题。

三

接天伴月翠松杉，百丈飞泉石壁衔。

岭畔人家悬一角，半依修竹半依岩。

四

危峰耸立伴云岚，忽落清泉碧玉潭。

竹影悠悠松叠翠，一坡秀色胜江南。

注：2004—2008 年余在黔西，黔西春景，美不胜收，有幸一睹，作此以记。

黔西感事

远征酬旧友，千里赴西都。

星寂峦峰暗，山荒茅舍孤。

无由怨宝马，有幸识黔驴。

家信何方达，衡阳雁识途。

注：2004 年，余应故人汪继超之邀，赴黔西四年，看遍黔西美景。尽黔西山路岖崎险峻，许多小村落无法通车，只能用驴马运生活用品。宝马：指轿车。

冬至寄丰煜

三天不见又思翁，千里传书劳健鸿。

花萎高原曾入梦，雁归南国早随风。

寄篱远塞心初省，回首平生事半空。

腊鼓又催新岁近，一杯留待咏梅红。

注：此诗写于 2007 年，为余在黔西时所寄。

雨中游昆明世博园潇湘馆

碧池花径小飞檐，瓦舍清幽别洞天。

世博园中多少馆，斜风细雨尽笼烟。

注：此诗写于 2008 年。

黔西寄随风先生

游子思根一片心，十年不敢忘乡音。

皆因生计天涯浪，共为家园客梦侵。

赣水波涛前续后，黔山明月古同今。

执壶且待相逢日，携手开怀作醉吟。

注：随风先生为广丰诗人，于德兴铜矿工作，不忘乡音，时有佳作。此诗写于 2008 年，时余在黔西务工。

奉和金水同学《壶山聚友》诗

夹道鸣蝉惊翠枝，主人莫怪客来迟。

路多岭树难穷目，舍带烟霞半卧池。

梓里传书曾数度，梦中思雁已多时。

山乡气息真堪恋，野草闲花尽可诗。

注：金水同学指刘金水，余中学同学、挚友，余在黔西时，回乡探亲，多次承蒙相邀聚酌。壶山村为金水当时工作地，环境幽雅。此诗写于 2007 年，黔西。

黔西寄友二首

一

曾忆当年酬唱欢，黔西一别冷诗坛。

春风不暖骚人梦，犹自孤吟对月残。

二

啸吟几度笑东风，醉里寻诗到永丰。

蜂蝶经冬眠未醒，帝王州里又花红。

注：余在洋口，与绵浩等三友唱和频频。赴黔后很少再聚，唯余在外常有思乡忆友之念，对月孤吟。绵浩曾有"只疑身到帝王州"句。

早春赴黔

云天西望接黔州，落日无声独倚楼。

百里溪山归暮色，万家灯火枕寒流。

风霜原是人生伴，笔墨堪为岁月舟。

一曲阳关千古唱，几人细解此中愁。

注：此诗写于 2008 年，时余每年早春赴黔今思早年打工艰苦岁月，心中感慨万千。

黔西行

黔山多散户，岭半晓闻鸡。

马道云间绕，竹庐星下栖。

壑幽泉作瀑，坡陡地成梯。

濯足凌云处，千峰眼望低。

注：此诗 2007 年写于黔西。黔西登山，别有一番趣味。

题黄山补天石

一梦红楼醒世人，生离死别幻如真。

可怜顽石今遭贬，独锁深山不见春。

注：此诗写于 2008 年初登黄山时。黄山有一奇石，传说为《红楼梦》所云之"补天遗石"。

夏日望广灵寺

日燥蝉鸣聒，隔江望广灵。

云低思倚瓦，峰峻自成屏。

佛殿松间隐，梵音风里听。

夜来行寺外，信手摘星星。

注：广灵寺在县城西郊，1998 年建。此诗写于 2009 年夏，时余在广丰上班，与广灵寺隔江相望。

和绵浩《夜宿月亮湾》二首

一

山庄皓月照楼台，碧水蓝天一渡来。

野味鲜肥君莫负，人生难得醉吟杯。

二

山深卧虎水藏龙，水里山庄倚黛峰。

铜钹秋高霜月冷，小楼眠客夜听松。

注：2006 年夏，余与绵浩初登铜钹山，日游白花岩，夜宿月亮湾。是夜开樽赏月，细品山珍。

登滕王阁

久慕凌霄阁，登高望楚天。

一山邻廓立，二水绕城牵。

帆影千年尽，华章万古传。

时风何日再，重续豫章篇。

注：此诗写于 2010 年。时风：《警世通言》有
"时来风送滕王阁，运去雷轰荐福碑"句。一山：庐
山。二水：赣江、抚河。

游南京秦淮河

月照花船烛影幽，吴江夜色入高楼。
六朝歌舞今犹在，商女翩翩不复羞。

注：此诗写于 2008 年。

咏时景二首

一

野草悠悠傍岸生，长堤春雨湿啼莺。
夜来水漫三官渡，隔岸舟桥一字横。

二

几处幽堤石径藏，清风溪上晚来凉。

邻翁消夏萌新意，醉卧沙滩一梦长。

注：此诗写于 2009 年黔西返乡后。

游悟道尖

深山宜悟道，林海隐仙踪。

绿竹谁翻浪，青灯独照峰。

云闲缠殿阁，门静忘秋冬。

古柏年年翠，夫人何处逢？

注：悟道尖位于广丰铜钹山，相传为马氏夫人修炼得道之处，山顶有一庵，后遭火灾，又重建。此诗写于 2008 年。

游张家界金鞭溪

武陵源里放形骸，饶是神仙醉不乖。

背媳老猪山里去，贪杯罗汉路边歪。

注：此诗为 2008 年初游张家界作。金鞭溪谷中有"猪八戒背媳妇""醉罗汉"二景点。

铜钹山咏景四绝句

九仙湖

南山百瀑汇清溪，横截烟波作玉池。
弄首群峰依水立，争从明镜照娇姿。

月亮湾

竹篱茅舍枕青山，信桨穿波一筏闲。
醉入蟾宫和拍舞，月移峰影过溪湾。

白花岩

露顶禅台傍白花，晨钟暮鼓到僧家。
倚岩撑起擎天盖，细雨斜风一伞遮。

小丰村

袅袅炊烟送晚霞，夕阳返照古樟斜。
山村不改千年貌，流水小桥环几家。

注：此组诗写于 2008 年。

奉和士冠兄《游颐和园》二首

一

明湖堤绿绕垂杨，更胜苏杭十里妆。
万寿宫中歌竞唱，悠悠曾为颂无疆。

二

北洋炮舰覆东洋，旧事依稀堪断肠。
倘把雪银扶海战，颐和今作钓鱼塘。

注：士冠指陈士冠，广丰教师，青年时录取"北航"，曾被划右派。前半生饱受艰辛，爱好古诗词，时与余唱和。

游乌镇二首

一

廊外清溪接码头，乌篷无觅画船悠。

艄公晓起清波荡，一棹摇歪两岸楼。

二

一弯玉带晚姿娇，水面无声眠小桥。

夜静清风桥下过，满天星斗水中摇。

注：2010年余携孙女游乌镇。乌镇为江南名镇，名人旧宅、水乡风貌各具特色。

次韵丰煜《游桃源》四首

一

湘中秀色尽藏西，林海山涛听鸟啼。

步入武陵寻胜迹，瘦峰挺拔乱云迷。

二

谷有桃花水有源，幽幽涧壑听溪喧。

山中若遇前遗老，莫向斯人问纪元。

三

洞里烟村别有天，桑榆深处稻椒连。

遗民不识人间事，避世安居年复年。

四

旧事苍茫旧境迁，秦人几度问渔船。

桃花竹舍今犹在，世外仙源千古传。

注：此诗为 2011 年与诗友翁丰煜唱和之作。

题"信州七闲"《山水画集》

神龟拜月

方寸之间耸万山，浮云碧壑两悠闲。

神龟欲得千年道，拜月中宵不肯还。

快乐山庄

远山翠淡近山浓，万绿丛中一点红。
弄墨闲人此间聚，登高放笔意无穷。

风摇一树金

寒山冷驿小孤亭，月白天高树影深。
墨客无心身外物，懒看满地树摇金。

岁月花堂门

雕石堂门色未衰，百年风雨积苍苔。
东翁犹恋前朝迹，坐叹门前岁月埃。

注：信州七闲，上饶市七位画家，余蒙谭永锋先生送一画册，题其中四幅。此诗为 2009 年作。

游九仙湖

九巅散落一堤堆，十里烟波到此回。

碧水横呈如缎熨，寿峰壁立胜刀裁。

骚人梦入瑶池聚，仙子高从桂殿来。

若问武陵源里客，人间世外费疑猜。

注：九仙湖坐落在广丰铜钹山镇军潭村，丹峰壁立，碧水横呈。寿峰：湖边矗立一峰峻如刀削，上书一"寿"字，为广丰书家杨剑所题。

次韵绵浩《重题九仙湖》

嵌珠高峡一明湖，碧水丹山绣丽图。

天上流云开复合，镜中绮影有还无。

半山翠竹常栖鸟，千顷清波好戏凫。

偕得谪仙寻胜迹，蓬莱阁里泄银壶。

注：此诗为与绵浩先生唱酬之一，写于 2010 年。

广福寺登高

敞殿依岩起，危楼独倚栏。

听风松卷浪，望壑岭生澜。

古寺三千客，清溪十里滩。

何当禅舍宿，夜读觉星寒。

注：广福寺，即白花岩下一古寺，凭栏可眺望四周美景。此诗写于 2010 年。

游张家界

九霄直达有天梯，鸟瞰红尘万壑低。

石笋三千出幽谷，山泉几处入清溪。

松从黛壁缝中立，云往苍峰顶上栖。

千载婵娟人不识，武陵深处隐春闺。

注：张家界位于湘西，风景别具一格。此诗写于 2008 年初游时。

奉复树林《新年致辞》

三杯饮岁尽，一梦日升东。

晓岚方弥谷，故人已到鸿。

百字生豪气，万里卷罡风。

书剑长在手，横眉傲苍穹。

清吟日生泪，长啸月朦胧。

壮志冲九霄，豪情化长虹。

春觞为君满，葡萄任我浓。

一凭柔肠软，莫教酒杯空。

天地有正气，人间惜英雄。

何日扁舟去，溪山酌钓翁。

注：2014 年余在芦林过春节，与蒋老师、树林时有唱酬，《新年致辞》由树林首倡，余与师奉和。

游武夷天游峰

一石擎天傲宇穹，危崖步步入云中。

孤巅北望千川渺，九曲南来两谷通。

岭上桃花迷五柳，山间樵子笑王公。

凡人欲竞登天路，不识红尘到此终。

注：此诗写于 2011 年余重游武夷时。天游峰为武夷著名景点，山上一古观传为当地为蒋介石所修。

游武夷九曲溪

轻舟掠水似飞梭，九曲滩头勒棹歌。

十八湾开峰虎踞，一川浪涌石巍峨。

已嗟壮志埋幽谷，独寄尘心净碧波。

今日蓬莱尘世遇，人间富贵又如何？

注：九曲溪是武夷著名景点，由星村乘竹筏而下，九曲至武夷宫，沿途风景绮丽。九曲溪每曲皆有棹歌，是一种山歌形式，歌词优美。

步韵油富先生《曹操》

横扫中原鞭指东，河山半壁入囊中。

刘家帝脉随秦冢，曹府冠旌盖汉宫。

空识蜀吴心计异，不知魏晋禅行同。

千年旧事千般论，一代大枭谁与雄。

注：此诗与油富先生唱酬，作于 2011 年。汉曾禅让于魏，魏后又禅让于晋。

奉和宜虎《酒吧一瞥》

野玫相约本无期，深巷幽街有粉丝。

闪烁红灯迷好色，消魂玉臂惹花痴。

客官酒后频思乐，小妹金前不讳私。

借问农家田岁入，三杯犹是一年糜。

注：郑宜虎，多才多艺，诗、文皆通，擅歌词，善唱。此诗写于 2010 年。

重过大南岭

踏平天堑削危峰，四十年前狭路逢。

今日故人游旧地，青山不识白头翁。

注：此诗写于 2014 年。40 年前，余从城镇下放到农村，初过大南岭，时坡陡路窄。此日重过大南岭已是坡缓路宽，然余已白头矣。

步师《红楼梦》韵

金玉无情枉有缘，王侯终不似神仙。

红楼一梦醒来日，始信石头非妄言。

注：此诗为余与蒋老唱酬，写于 2012 年。

癸巳端午寄师

匆匆逝水去无踪，江上涛生又竞龙。

十八仓中当日杰，今朝几个不成翁。

注：此诗为余与蒋老唱酬，写于 2013 年。

月季吟

东园栽一卉，如期月月红。

颜无倾国色，情有感人忠。

不作奢华态，长怀草野风。

吟家青睐少，寂寞伴山翁。

注：庭前曾栽一月季，四时与余相伴。

中央桥访故人未遇

丈八清溪碧玉颜，小桥流水竹篱闲。

欲寻旧杏柴门掩，石径幽幽垂柳弯。

注：此诗写于 2011 年，时余尚在务工。余有一挚友居洋口中央桥，彼处小桥流水，石径弯弯，环境极幽。

咏杨柳

堤畔池旁近榭台，垂条几树路边栽。

身栖绿野原无垢，足踏红尘易惹埃。

已嫁东风托荣辱，何劳流水问欢哀。

从来不畏人言耸，肯与桃花一处开。

注：世人喜咏梅竹菊松，独轻杨柳，余为之不平作此。

奉和葛老师《寄友》

蓬莱此去伴清弦，独把相思付《二泉》。

唱遍天涯唯一曲，寄与秋风万里牵。

注：此诗写于 2012 年。

题金刚庵

香笼烟绕小尼庵，四面楼高隐殿龛。

槛外红尘一墙隔，释宗妙理百家参。

禅门真谛惶深论，浮世众生闲笑谈。

长视荣华轻似水，缁衣布履自心甘。

注：金刚庵为洋口古寺庵之一，初建时四周皆旷野，现已被民居包围。此诗写于 2010 年。

题九仙山雪景

凭栏遥望九峰奇，百里山川玉氅披。

地有丹崖藏虎脉，天施粉黛护仙姿。

览胜已为河山醉，猎色还怜摄客痴。

白雪难湮忠义骨，金戈铁马事犹遗。

注：九仙山为广丰铜钹山景区名胜之一，此诗为廖诗富先生雪景摄影作品而作。九仙山曾是杨文、杨武兄弟聚义之处，二人拥兵九千与官府对抗数年。

游七峰岩题叶挺将军

将军真汉杰，忽作楚囚归。

茅岭羁貔旅，七峰藏虎威。

山苍凌宇泣，血碧化虹飞。

史册千秋在，凭谁说是非。

注：七峰岩座上饶境内，与广丰鹤山相邻，岩中有一古寺，曾囚叶挺将军及皖南事变新四军干部。茅岭：茅家岭集中营，关押皖南事变新四军军官处。此诗写于 2012 年。

次树林《别故园》韵

故园连客梦，寒舍忆幽灯。

天地多豪士，江湖一贾生。

无官身不俯，有母远难行。

浪迹驰儒气，赵公何足凭。

注：树林诗友别故园赴县城从教，余与其时有唱酬，此诗写于 2012 年。赵公：赵公元帅，指金钱。

故乡寄友

瀛洲揖别又天涯，怨意何曾释梦怀。

落尽杨花生客念，一轮明月照乡街。

注：此为余赠树林诗，写于 2012 年。

癸巳夏邀葛老师彩锭访禅博山

揖别芳容数月余，博山道上又驱车。

访禅不觉千枫老，合璧悠然一曲舒。

雅苑无缘融野笔，坊间有兴论闲书。

相逢莫问沧桑事，席上三杯笑敬渠。

注：此诗写于 2013 年。访禅归来小酌绵浩家，主
人偕友人琴笛合奏一曲助兴。

有感

三年冷枕付东流，一梦黄粱逐未休。

从此文章无用处，坊间席上学吹牛。

注：此诗写于 2013 年。

谢士冠赠书

小少遭文劫，秋来百事疏。

晚居三昧屋，闲读六朝书。

燕梦长萦友,诗笺慨赠予。

天涯思执手,千里共唏嘘。

注:2012年余访士冠兄于上饶,士冠兄赠余一册
《典故》。作此诗时士冠兄在北京儿子处居住。

答周油富老师见寄

长伴书斋闭小楼,老思静悟不思游。

一笺雁寄承君念,两鬓霜繁诉我忧。

井底有蛙吟水月,山居无事说瀛洲。

风尘旧路空萦梦,闲倚秋栏看鹭鸥。

注:此诗为余与周老师唱和作,写于2012年。

鸟林街

西关闹市达东城,寂寞北门听鸟鸣。

瓦舍遥牵千载梦,华灯翻忆十年荣。

凿开幽巷通新纪,难舍故街还旧名。

一夜豪翁此间出，可怜笔墨误书生。

注：鸟林街原是广丰县城北门的一条老街，以花鸟市场为主，后县城经拆迁规划后，现已成为广丰最繁华的商业街。此诗写于2013年，当年鸟林街购房者现已升价十倍，一夜暴富。

壬辰冬至二首

一

小园长寂寞，忽觉暗香幽。

雁北无边雪，江东遍地裘。

梅妍动年意，街冷惹商愁。

借问天涯客，何时作返谋。

二

岁暮多冰雪，溪山景独幽。

壶斟琼世界，怀拥玉貂裘。

万贯难填欲，一诗能解愁。

涛笺寒夜酌，凑韵枕间谋。

注：此诗为 2012 年冬至感作。

奉和师《题溪山居》

清流来远壑，柳岸隐人家。

东郭松摇翠，西窗日送霞。

孤吟邀瘦竹，借韵问寒花。

垦罢秋园计，春临还种瓜。

注：余家居丰溪河边，东傍鸡嬷山，园内种有竹、梅、松等，也种一些应季菜蔬。

附原诗：

瀛洲东柳岸，华宅袅青烟。

屋后溪声满，庭中日影圆。

龙蛇飞玉壁，梅竹媚娇园。

来去三江客，长留醉墨绢。

游八达岭长城

万里遗胜迹，千年戍苦兵。
民心能御寇，血肉筑坚城。

注：此诗作于 2012 年再游长城时。

游铜钹山高山村观红豆杉

揽胜不畏劳，九转路岩峣。
岭僻藏红豆，溪幽见木桥。
巨杉虚道立，小舍漫茶聊。
难得民风朴，山人随处邀。

注：此诗为 2010 年余与蒋老等人游铜钹山高山村
观红豆杉后作。山里民风淳朴、热情。

上饶怀旧三首

抗建路

抗日男儿壮志豪，家园重建接云霄。
信江桥畔楼如笋，应是先驱碧血浇。

水南街

路漫黄沙市井凉，隔河遥望万家商。
天时不与南街便，空把萧条怨信江。

西壕沿

不见西壕污水流，华街十里耸高楼。
人间巨变真如梦，一觉醒来已白头。

注：抗建路，即现在的步行街。水南街：与闹市区隔河相望，现亦成闹市。西壕沿：如今的赣东北大道，原为上饶城边一壕沟。余少年时走上饶经常过的就这几处，当时的荒凉和今对比，堪称巨变。

壬辰早春饯别陈骥于丰溪河畔

我有忘年交，诗誉满长安。

相聚旋相别，设宴春犹寒。

西北云天阔，送君跨征鞍。

空作惺惺惜，把盏难言欢。

小邑楼如笋，轻文重商官。

碌碌思掘金，萧萧冷咏坛。

幸有桑梓少，扛鼎正弱冠。

不求发同青，唯愿心共磐。

注：2012 年陈骥回广丰过年后返南昌前，余邀丰
煜等诗友为其饯行，作此。

冬至寄师

天涯长作客，乡梦自然生。

岂独秋风意，兼怀故里情。

观鱼窥钓誉，避世淡沽名。

冬至人难至，空传鸿雁声。

注：2012 年冬与师唱和，时师在北京寓居。

六十感怀

一甲风尘镜里留，闲庐种菊已三秋。

花间天地浑忘我，笔下炎凉难去忧。

彭泽生来轻佩印，淮阴死至悔封侯。

百年华梦终须觉，漫看斜阳入小楼。

注：此诗写于 2008 年。

有感房价高涨

一

百丈高楼流水车，喧喧都市竞奢华。

可怜蚁族忙昏昼，遍地新房何处家？

二

十年一梦醉黄粱，筑穴艰辛路苦长。

地上高楼天上价，推波不独是奸商。

菊思

一

张生何必到西厢，遗得年年思梦长。

莫怨深闺难寄柬，世多严母少红娘。

二

有心比翼下尘凡，甘为郎君着敝衫。

不识青娥当日意，流腮热泪至今咸。

注：此诗写于 2012 年，为余青年时和一女朋友初恋之感怀，至今犹记。

立夏有感

不觉芳菲尽，东风醉意殊。

日长梁燕倦，花老野蜂孤。

小憩宜眠竹，闲居欲傍湖。

年华随水逝，骚客漫嗟余。

注：此诗写于 2012 年。

安义逢廿六年前老同学

豫章难舍际，执手泪朦朦。

愁寄三江墨，情牵万里鸿。

离怀萦一梦，别路阻千峰。

今日从头看，霜丝又几重。

注：余中年进修结交一同学，情自非常，因远隔，26 年后得以重逢。此诗作于 2012 年。

冬日有感

腊月寒流急，西风摧朽木。

云浓山郭暗，日暮长堤肃。

后园伴瘦菊，腊至颜不复。

满地残花碎，百感心欲哭。

杯酒无豪友，古诗寂寞读。

当年马革志，今日空吟竹。

破屋怜翁媪，朱楼厌酒肉。

世风力挽难，溪山甘蛰伏。

何日东风至，还我满园绿。

沧海涛不息，人世待春馥。

注：此诗写于 2012 年。

题上饶宝泽楼

宝泽巍峨百尺楼，当年帝阙赐荣酬。

琼恩堂外三重殿，丹桂池边一苑鸥。

八角飞檐形不复，名臣古迹事犹留。

应叹君宠如云雨，伴虎终难作善谋。

注：宝泽楼为上饶市一处胜迹，座解放路，为明世宗帝赐首辅大学士夏言的一处住宅，内有白鸥园、八角楼等亭榭。夏言终因直谏为世宗帝所杀。

读史·曾国藩

究学穷经探未犹，书生有意觅封侯。

十年尝胆雄心寄，一夕吞吴壮志酬。

济世空怀经国策，治家耻作锦衣谋。

三湘宝地多人杰，后世纷纷说剃头。

注：此诗写于 2012 年。曾国藩挥师所到处，寸草难留，故人有戏称"曾剃头"。

游县城偶感

拆尽城关旧敝庐，高楼天外半凌虚。

三岩多有经营客，贞白乡中不读书。

注：此诗写于 2012 年。

读师见寄

人生原一梦，风雨百年期。

未觉闲身老，犹思集句迟。

寸心长忆诲，天意独怜师。

来日春风动，芸窗共论词。

注：此诗写于 2014 年冬。师与余皆是晚年习诗，故有"恨晚"之意。

贺陈骥先生新婚

人生三大喜，今日小登科。

红毯通伊国，华灯灿爱河。

随春圆好梦，跨马拥娇娥。

来日看堂下，媪翁嬉小哥。

注：此诗写于 2014 年。陈骥先生与余为忘年交。

次韵熊盛元先生《岁暮感怀》

空叹两鬓竞霜严，窗外纷飞雪织帘。

四海人归万家聚，九州迹杳百虫潜。

伤心不独华年逝，入眼还悲腐害渐。

劫后神州终有梦，东风过处馥枝拈。

注：此诗写于2014年春节，当时并不识熊盛元先生，因慕名而和。

瞻浮梁县古县衙

廊柱擎天耸伟檐，巍然正气透森严。

署堂肃静生威怒，戒律高悬劝世廉。

异地理民庭有训，顶天做事腐无嫌。

前朝历历官场例，展与当权细细瞻。

注：此诗写于2014年。浮梁古县衙保存良好，内展有多项前朝官训官规，值得今朝借鉴。

珍风阁观吴长庚先生画展

久慕名师愧不能，延陵画惹墨怀兴。

一湾秋水轩间荡，几笔寒松壁上凌。

已逐匠心尘外逸，且随梦笔峭岩登。

丹青添得诗书雅，鹳雀楼高更一层。

注：吴长庚，上饶师院原教授、副院长，精历史文学，擅书画诗词，著有历史文学著作多部，诗、书、画作品丰富。此诗写于 2014 年。

次葛老师《中秋夜思》韵

愁觞遥举对孤轮，万里山川尽着银。

醉眼不思逐花影，痴心还待点迷津。

十年秋气初凝碧，三卷词章渐化臻。

留得文君垆酒在，相偕自有暖衾人。

注：此诗写于 2014 年，诗中"文君"喻葛老师。葛老师名彩锭，女，已出版个人诗集三卷，一卷比一卷成熟。

乙未中秋寄三江诸友

穿星掠影独徘徊，今夕家家喧醉杯。

月是浩茫天上客，人如一瞬烛间灰。

愧将旧史朦胧读，羞把雕虫仔细裁。

我欲乘风伴秋雁，长空万里寄诗怀。

注：此诗写于 2015 年中秋。

次韵再寄吴长庚老师

贯耳如雷慕俊才，门前车马八方来。

论贤已读呕心著，治学谁知漏夜裁。

创得诗书画三绝，悟参神貌意千回。

艺巅最是无边境，天意怜君慧独开。

注：此诗写于 2015 年初识吴长庚老师时，感其文才、人品而作。

夏韵

青禾丛里竞鸣蛙，瓦舍幽幽绿树遮。

莺雨来时还润物，东风过处不怜花。

门前已种三秋桂，墙角新栽立夏瓜。

又是一年农季节，乡间处处话桑麻。

注：余退休后与溪山为伴，时值初夏农忙，作此。

端阳怀古

湘中暮雨带愁多，浊浪喧喧卷汨罗。

界北已闻秦鼓角，江头谁省楚悲歌。

横眉屈子垂华夏，怒水龙舟竞碧波。

我欲凭栏追逝者，离骚读罢意难和。

注：此诗写于 2012 年端午。

贺树林重返讲台

攻读夜悬梁，谁怜夫子瘦。

卅年颠沛苦，寂寞一壶酒。

耻作逢迎事，洁身寒窗守。

忽有鸿讯来，杏苑遗紫绶。

从今长天阔，春风拂绿柳。

潜心扬国粹，积墨年丰厚。

注：此诗写于 2013 年树林受聘到丰溪中学任教时。

游周瑜点将台

遥闻强虏下长江，百万貔貅剑气藏。

拍岸波涛惊赤壁，连天樯橹黯柴桑。

演兵坞里千帆动，点将台前一令扬。

雀梦消烟逃孟德，至今吴楚说周郎。

注：2015 年孙女在九江读书，余偕家人探望时游览该处名胜。

游寺偶感

曲径平阶暗绿苔，青灯古佛冷莲台。

山僧不厌禅门寂，犹自晨昏扫俗埃。

注：此诗写于 2015 年游博山寺时。

和师《悼父》

长辞尘世断凡缘，归鹤西行已列仙。

无限人间荣辱事，随风飞逝杳如烟。

注：此诗写于 2015 年。师之父，享年 98 岁。

次韵师《遣怀》

理朝济世更谁任，空见遗臣泪满襟。

大地曾经千霸劫，河山长载万民心。

听歌渐识升平意，善政难能竭腑忱。

野鹤伴松翩作舞，无忧九派陆浮沉。

注：此诗写于 2018 年。

说筷

两两孑然光杆身，弟兄相济更相亲。

长餐美食难言富，沾点油腥一洗贫。

也逐欢杯宴豪客，时从冷席伴伊人。

可怜筵尽鸿宾散，失落厨隅长积尘。

注：此诗写于 2018 年。

卷二　诗

游故宫

碧宇中枢统万疆，重重宫阙锁高墙。

三更寒坼惊春梦，五鼓丹墀浸晓霜。

故国珍遗千古迹，人间变幻百朝皇。

从今民主宏扬日，四海纷纷瞻帝堂。

注：1993 年余偕友第一次游北京故宫。

初识汪熊二公，次汪韵

又见千年吊屈图，端阳户户挂菖蒲。

观溪雨后三春画，揖客车前两雅儒。

不识小词原是令，方知大睿本如愚。

博山道上辛公迹，野草萋萋也觉殊。

注：2015 年端阳节间，汪俊辉、熊荣海初访三江诗社有记。汪俊辉：万年人，曾任上饶县县长，退休后入骚坛，作品高雅古朴。

悼兄心梗猝逝

前世修来伯仲缘，苍天刹那断孤弦。

生离未及闻遗语，死别长教哭逝川。

恨鹤已从云外杳，哀丝犹在梦中缠。

奈何桥险兄宜慎，问候双亲代弟传。

注：2015年初夏，兄因心梗猝逝，享年76岁。余一生唯两兄弟，情深难分，突遭此变故，心撕欲裂，作此以纪。

再游小丰

百里峰波看不厌，颠簸几度入桃源。

有情黄雀迎宾跃，无赖青溪绕石喧。

世外犹遗秦汉迹，山中长隐赵钱村。

凡人欲作吟松客，且傍林泉筑小轩。

注：余于2015年夏二度访小丰。

中元节思母

冷暖九泉人不知，更忧慈母缺衣糜。

万钱今日遥烧祭，寄上痴儿一点思。

注：此诗作于 2015 年，时母亲谢世已 17 年。

读煊公《灵山睡美人》

一睡千年楚楚姿，几多骚客为伊痴。

灵山崎路晨霜冷，争睹美人唯恐迟。

注：此诗是与煊公唱和诗之一。灵山是广信区著名胜景。

题小丰二古樟

贬入人间两不离，婵娟相守意何痴。

叶张华盖千重郁，枝卷蟠龙九转奇。

流水长携同入画，清风时约共吟诗。

借得山中一方土，长教尘客仰仙姿。

注：小丰村口有二古樟，临溪并立，已存世几百年，枝繁叶茂，姿态万千。

次韵亨成先生《登西石寺》

峰奇景趣觉山深，古寺高悬费探寻。

悟道仙姑曾驻跸，访幽缘客竞登临。

入尘难舍三分恋，出世惟余一点心。

佛脚原非用时抱，劝君积善莫图今。

注：此诗写于 2015 年。西石寺在铜钹山军潭村，寺高悬山顶，凌空而立。

忆黔西四年打工生涯用汪公韵

别乡四载梦乡多，怅望秋湖万顷波。

屈子身难归楚地，子胥何处听吴歌。

莫嗟失意桃花水，最是无情岁月梭。

黔地山川空似画，眼前不见白银鹅。

注：此诗为余黔西归来后 2015 年写。白银鹅为广丰特产。

乙未秋与绵浩同游七峰岩

九曲羊肠后岭弯，轻车一转到前山。

檐飞黛瓦丹峰下，石卧清溪绿竹间。

陋室重温囚虎将，虬枝新睹卧龙颜。

前庭老树今犹茂，千载唐僧去不还。

注：余近年曾几次游七峰岩，此为 2015 年游时所写。七峰岩曾囚名将叶挺，上有一铁树，相传为唐代高僧所栽，枝繁叶茂，主杆状若蟠龙。

奉和绵浩先生《无题》

莫悔人生错凤缘，世间牛女尽堪怜。

君铭已入三分木，忆旧思娇何论年。

注：绵浩年轻时曾有一倾心之女友，后因家庭原因而分手。

附原诗：

一生有幸惜无缘，聚散匆匆更可怜。

旧事铭心挥不去，一声娇喘忆年年。

冬日思友

茫茫驿路万车驰，雾锁长天岁渐移。

寄柬又逢飞雪节，酬宾还忆落花时。

豆萁七步杯犹暖，茅屋千秋墨尚疑。

夜酌寒窗欣韵事，寄书伯仲共商词。

注：此诗写于 2015 年冬。

读《萧梦霞诗存》

乱世苟延叹小民，八年蒙难走辚辚。

糊家孺子炊愁米，鞑寇先生笔有神。

壮志难如吴相国，长歌欲效楚狂人。

水南物换遗声在，空使乡亲泪湿巾。

注：此诗写于梦霞诗社成立前之 2015 年。吴相
国：伍子胥。楚狂人：屈原。水南：萧梦霞终老之地。

丙申正月初七诸文友小酌树林家

七个酸儒聚竹林，坊间酒令斗机深。

三千仞石频光顾，一百里溪长作吟。

画虎当年成犬影，雕龙今日注文心。

先贤座右铭犹在，共把光阴作寸金。

注：此诗写于 2015 年初。"画虎雕龙"联，当年
座中诸友曾办《文友》刊后停，本次又议办《文心》。
成犬影：时值犬年。

丙申正月感怀

经冬寒过重裘辞，岁序渐随日月移。

姜尚封神谁觉老，廉颇能饭似嫌迟。

青丝已萎忧家日，白首羞谈报国时。

又听凯歌传两会，江山处处展龙旗。

注：此诗写于 2016 年春。

小满

寒流逢暖湿，偶聚意常迷。

天感情融泪，人遭水漫溪。

雨狂嗟屋漏，心抑怅檐低。

莫道春痕杳，残莺尚晓啼。

注：此乃节气之作，小满是立夏后的一个节气，多雨易涨水。

闲话霞峰

久慕东邻文蕴深，共来小邑作清吟。

达人还自前朝论，美酒先从远客斟。

十八京官开望族，一门进士沐皇霖。

山川形胜多奇脉，风水千年转到今。

注：此诗为 2016 年余到霞峰访友所作。霞峰自古为文风盛行之乡，有"十八京官开族，一门进士多人"之说传流。

依韵和三岩耕者《六石调》(选三)

匕首石

微躯忒小没蒿蓬，曾令秦王动骇容。

乱石栖身威尚在，教人千载忆青锋。

铼钻石

绣娘闺宝小针工，取石钻天补字穹。

沧海桑田人世幻，相逢却在此岩中。

猢狲石

天性顽皮心慧聪，山中无虎大王封。

只因醉饮瑶池液，贬下南天伴老松。

注：此诗为奉和诗友建西先生而作，共六首，选其中三首。六石调所咏为"六石岩"六处景观石。六石岩在广丰嵩峰乡。

友人发来一鼠追猫视频，颇为感慨

绕室猫逃惧鼠追，鼠猫易位实堪奇。

可怜世事悲颠倒，应是人间惊省时。

注：此诗写于 2016 年。

初夏寄师

雨打新枝鸟不啼，晓迎清气舞闻鸡。

经年处世身常倦，半夜读书意渐迷。

逐利千家唯拜赵，见贤几个识思齐。

苍头叹我心空壮，恐负先生立夏题。

注：此诗为与师唱和诗，写于 2016 年。赵：赵公元帅，此指金钱。思齐："见贤思齐"典。

贺吴、潘二师编纂《上饶历代书画集》问世

桃李长栽意满踌，还从广信集风流。

龙蛇笔墨百家汇，吴楚山川一册收。

纂稿贵能敲八易，编书足可谱千秋。

先贤翰册今朝识，胜我江东十载游。

注：2016 年吴长庚教授赠图一册，集上饶历代名家精品，此书曾八易其稿。吴老师、潘老师均为上饶师院老师。

丙申初夏绵浩、丰煜重聚寒舍

绿桂虽浓未着花，蓬门又见驻轻车。

一春盛事凭谁说，十载痴怀只自嗟。

渐觉溪岩湮旧梦，难为乡土茁新芽。

莫言神赋唯唐韵，读罢三苏羡世家。

注：绵浩、丰煜二友多年未聚，难得一晤，互倾衷情。此诗作于 2016 年夏。

次忘忧雪萝《端午吊屈原韵》

一梦郢都悲劫灰，民心吊祭筑灵台。

强秦犹惧连横策，故国谁怜旷世才。

水漫汨罗鱼拥泣，血涂湘楚草长哀。

九歌不尽千秋唱，继有忠魂世代来。

注：忘忧雪萝，原三江诗社女诗人社员，名周艳琴。此诗写于 2016 年。

读梁漱溟评郭沫若诗次韵

生逢乱世尚行时，老去应怜鬓尽丝。

墙草曾沾两朝露，笔花长媚一家词。

名疑毁誉唯因骨，学贯古今何独诗。

千载是非公论在，任他野史衍繁枝。

注：此诗为和梁漱溟先生评郭沫若之作，有感近代对郭沫若先生评价贬褒不一。

附原诗：

淡抹浓妆务入时，两朝恩遇鬓垂丝。

曾经招对趋前席，又见讴歌和□词。

好古既能剞甲骨，厚今何苦注毛诗。

民间疾苦分明在，辜负先生笔一枝。

秋游昆明世博园

几拭犹疑老眼花，街头惊见四时葩。

风生滇水三千浪，香绕春城百万家。

恍遇柳营怀汉杰，似闻铁马动胡笳。

重来旧地园林静，古木苍苍日影斜。

注：昆明四季如春，虽秋犹有花卉盛开。世博园内民乐器悠扬，游人舞蹈优美。此诗为 2008 年重游时作，后改。

悼杨耀庭先生

乍悉荆公驾鹤归，愁云冉冉暮空飞。

两朝岁月多风雨，一梦天堂无是非。

编典虽艰心已遂，著书尚憾愿相违。

哭君耿直坊间少，从此三岩鲠骨稀。

注：杨耀庭先生为广丰教师进修学校教师，生于民国年间，平生耿直，曾自编字典一部，著书未竟人先归去，惜哉，痛哉。写于 2016 年。

忆 "七七事变" 七十九周年

城头残月照芦沟，逝去光阴又惹愁。

碧血曾涂龙土地，史书新著汉春秋。

民遭苦难何分党，国系存亡再共舟。

七十九年思旧痛，何时携手化恩仇。

注：国共两党曾经两度合作，祈早日和平。

读树林《又见溪山主人》奉和

向水蓬门久未开，枝头雀跃喜君来。

山翁寂寞花为伴，尘世多姿墨作媒。

剩有新茶酬睿士，难寻旧韵咏庭槐。

后生正勃先生老，共约生涯乐咏台。

注：余与树林比邻而居，树林平时在县城从教，假日归家常会来访。

谢毛小东先生赠《广丰先贤诗词集》

稼轩词赋扬声日，贞白光阴无价时。

举世达人忙钓誉，传薪国粹独君痴。

注：毛小东先生为官场中爱文之人，曾赠余不少广丰先贤著作。

游三清山

茫茫九派数奇峰，吴楚山川自不同。

贴壁危思攀蜀道，踏云浑欲访吴宫。

闲来世外抛黄白，何必人间竞紫红。

仙蟒原非凡手笔，沧桑万载见神工。

注：黄白，即黄金白银，指钱财。吴宫：三清景区庙宇建筑。

次韵远祥除夕感怀

又是神州腊月天，归车岁岁复年年。

可怜浪迹天涯子，羞涩囊中木有钱。

注：此诗写于 2016 年春节。木有：指无，没有。

辛丑暮春重回下放地大南乡后弄村有感

老去疏家国，春来思故乡。

浮生三驻足，此地九回肠。

觅友田间杳，探居竹里藏。

回眸埋志处，白首不相忘。

次韵树林《三九登水尾山访广灵寺》

一角禅门避俗埃，寒松郁郁半坡栽。

晓莺声杳听钟鼓，山寺人闲话石苔。

万劫生灵思佛渡，三重殿阁面西开。

此身只逐无为界，莫问求缘该不该。

注：广灵寺为广丰县城郊大寺，位于水尾山。

烟花吟

奋上九霄窥玉姮，碧空呼啸万龙腾。

奈何天路浮云阻，欲近蟾宫总不能。

注：此诗作于丙申年（2016）除夕。

谢吴长庚老师赠书

爱书成僻便贪婪，老去强颜尚自惭。

结社求知方岁次，登门承赠已经三。

集遗细纂先贤著，立论长供后世参。

昨夜欣生邀客梦，梦偕醉客酌同酣。

注：吴长庚老师号"鹅湖醉客"，著作颇多，余曾蒙三次赠书。此诗写于2016年。

丙申冬至寄师

东篱色暗腊梅妍，一岁光阴逐逝烟。

国事疏闻花甲后，乡音时寄耄师前。

难随范蠡帆归海，且逐渊明老种田。

窗外朔风寒刺骨，闭门独作造车篇。

注：此诗写于 2016 年冬，时师在开封养病。

冬至有感

独爱溪山静，闲居近野村。

萧堤绿杨立，寒水白鸥翻。

伴老知妻贵，翻书觉眼昏。

一从冬至后，无客叩柴门。

注：此诗写于 2016 年冬，余与妻清闲相伴自在度日。

读荣海兄《惊见婺源篁岭邮驿大体完好》次韵

古驿声声蹄若雷，邮差挥汗拨云来。

几株红豆林间炽，一径幽篁世外栽。

秋晒层层依势叠，香居处处面街排。

难为天境红尘外，长使凡人望眼开。

注：婺源篁岭有古邮驿、红豆杉等。

乙未冬至天气骤寒

草黄空见宇天蓝，昨夜寒流乘驷骖。

三万里风倾极北，一千城雨盖江南。

郊原秋后闲村郭，山野冬临寂古庵。

陆羽新烹邀对坐，与君促膝作禅谈。

注：秋去冬来，天气骤寒，有所感。

次《也题墙角无名花》韵

山野迁来不识名，淡妆默默向隅生。

自知尘世多争竞，冷眼春园百态呈。

注：此是一首与三江诗友的同题唱和诗，也作自喻。

故园思兄

重入芜园黯夕晖，萧萧草树似依稀。

花飞春雨谁相护，叶落秋风何所归。

旧舍堂空声不再，寒巢人去鸟无依。

今朝怅立伤心地，桂寂梅孤事已非。

注：此诗为兄猝逝一周年所作。故地重游，物是人非，无限伤怀。

过故人居

东山云气半凌虚，遥望松林隐旧庐。

王谢堂前燕无觅，梁园宅后鼠群居。

千年家国贤臣众，万古江山巨匠疏。

自觉浮生如一梦，沧桑人事漫唏嘘。

注：鸡嬷山中有故人（木匠大师）旧居，人逝屋空，路过彼处不胜感慨。此诗写于 2016 年。

秋桂初发寄兴

伫庭空树昨繁枝，终了幽闺竟日思。

上苑仙来圆月夜，芸窗香入晓风时。

犹怜粉蝶寻芳急，却憾东篱结伴迟。

难得山翁开雅兴，一园秋色几家诗。

读远祥《重阳登鹤山龙井请水》

清词一曲唱重阳，漫步林间读妙章。

地耸鹤峰实麟角，天遗龙井自非常。

谈机问道人知德，弄墨亲书袖染香。

今日请来仙府水，山乡长作太平乡。

注：远祥先生号林间流霞，道士，为余诗友，此诗为唱和诗。请水：道士作业之一。此诗写于2016年秋。

次韵戏和光龙先生《咏相》

司职中枢伴圣皇，楚河兵溃护宫忙。

肯同二士盟生死，玉碎烟消见鲠肠。

注：光龙先生，号三缄，三江诗友，亦余密友。

秋思

荣枯往事闭门思，陌上秋风带雨时。
生历两朝经乱世，老居三昧近东篱。
治家已醒淘金梦，教子犹存尝胆痴。
难有珠玑传后代，斋藏几卷古人诗。

注：此为感怀诗，写于 2016 年。

寄师，时师在开封长子处养病半年

小院清泠菊未黄，秋风习习信江凉。
远师劳念时牵梦，归雁愁听值断肠。
北地烽烟难去国，中原月色倍思乡。
骚人欲觅前朝迹，暂把闲身寄汴梁。

注：此诗写于 2016 年秋。汴梁即开封，北宋都，古争战之地。

题荣海先生游浙《咏秋瑾》诗

越吴有故数吟秋，云海之江任意游。

死是忠魂当榜史，生为人杰不封侯。

习成韬略偿家恨，吟得清词带国愁。

墨客多情纵豪笔，长教志士仰闺楼。

注：荣海先生为余旧交。此诗写于 2016 年秋。

次韵树林《玉山古考棚》

历朝将相此中来，考院幽幽石满苔。

犹念偷光长借烛，应怜伏案苦磨才。

芸窗寒士龙门梦，孤驿斜阳寂寞埃。

百载考棚成古迹，清宵冷月自徘徊。

注：玉山县古考棚为存世不多之科场古迹。余曾思古时一考定终身之制度，颇为感慨。

次韵绵浩《中秋烧瓦窑》

银光万里映溪桥，赏月蓝天第一宵。

夜酌邀婵吟对酒，儿嬉呼伴戏烧窑。

蟾宫桂动清风习，兜率炉红童面娇。

今夕回眸年少事，心中百味笔难描。

注：忆儿时中秋烧瓦窑事。20 世纪 50 年代，民间犹盛中秋烧瓦窑风俗。

丙申中秋东岳庙吟月晚会

借得东禅一庑楼，婵娟雅士会中秋。

临江已设河清宴，对月当思舜治讴。

旧韵几经骚客步，老僧长劝世人修。

山翁也觅渔樵乐，漫把闲心逐小舟。

注：上饶市东岳庙座于信江南岸森林公园中，每年中秋三江诗社在此聚酌行吟。

次韵树林《读溪山诗稿》

疏园薄露入秋诗，酬句邀茶尚有时。

舍近溪山亲草树，心痴笔墨负琴棋。

程门已化庭前雪，小院残遗暑后枝。

云外雁声催替叶，三岩人物正东移。

注：有感于新诗人之成长。

三年前绵浩在寒舍后院放生几个蟋蟀，昨夜又闻鸣叫，作此

乱草当年放汝生，五更唧唧又闻鸣。

悯心犹忆柳塘叟，行侠难逢灵隐僧。

志老溪山虫作伴，安居洞府石为盟。

廉颇老矣何言饭，从此田园寄逸情。

注：余老矣，自比蟋蟀寄情田园。

读师《重游洪家洲》奉和

南来枧水汇东流，夹岸平开十里洲。

野垅无寻旧时迹，牛棚曾度劫中秋。

十年人面繁霜鬓，一代风流悲楚囚。

回首当初挥汗地，荒滩几处起新楼。

注："文革"期间师曾被下放劳动，时洪家洲是专
为知识分子改造之农场。

感春诗二首

一

几番风雨绿初归，乍暖还看瑞雪飞。

我笑天工似童稚，忽阴忽涕忽生晖。

二

陌上东风拂几家，嫣红姹紫竞桑麻。

今人耕作萌新意，不种皇粮只种花。

注：此组诗写于 2017 年春，为游花卉基地作。

读《少林和尚劝缘》

一炷清香价六千，出家和尚也图钱。

劝言天下修缘客，身上无银莫问禅。

注：此诗针对社会上某些僧庙求财现象而作。

和吴选文老师续诗

醉意熏风把盏呼，为君难得一糊涂。

今朝借此刘伶酒，不转乾坤不丈夫。

注：此为诗友席上戏和之作。吴选文老师为广丰区五都中学老师，爱研古、擅诗词。

听江右熊盛元老师讲座

江右风来满邑春，丰溪奔走习诗人。

声分去入词方妙，道到老庄论转真。

座上先生建安骨，山中古寺稼轩邻。

难留楚客归千里，望断云天怅逝尘。

注：2017年春，江右诗社在广丰铜钹山采风，次日熊盛元社长在县城开诗词讲座，因作此诗。老庄：老子、庄子。去、入声都属仄声。

读披云诗评有感

收拾青蓑返草堂，闲余问路钓山塘。

自吟风月亲儒雅，也作长歌效楚狂。

画笔原须窥虎骨，文章应忌着皮囊。

听经一席浮云散，愧煞丰溪几夜郎。

注：披云先生居南昌，对家乡诗词事业很为关心，对青年作者时作评论指导。

丁酉清明为兄扫墓

春寒难尽雨疏疏，坡上花枝一望芜。

峰似龙腾成画卷，水通虎脉化平湖。

长兄已作双亲伴，故屋渐随只影孤。

又见杜鹃山野漫，青丝白发几人苏。

注：此诗写于 2017 年，时兄长已逝世两年。

咏海棠

独寻春色访兰芝，偶遇名芳初识仪。

数点红娇苞欲放，满城墨漾笔先驰。

虞姬泪落人怜处，西子眉颦客醉时。

自叹山翁难脱觳，委身老作护花痴。

注：2017 年春，市上购得海棠一株，花枝悦目赏心，因作此诗。

次韵诗友《荷之韵即事》

强作斯文爱说莲，百家耕客竞荷田。

谁知藕熟花开后，却说东翁尚欠钱。

注：市诗词学会发起编辑"荷之韵"诗集，广大
诗友投稿后竟难以正常出版。

建军九十周年题广丰籍将军蒋润观

雨黯丰溪风满楼，神州多难慨分忧。

开疆已勒千秋阁，报国难闲一叶舟。

学究古今孙子道，兵研奇正润之谋。

此生九死何须论，只为中华铸不周。

注：此诗应省诗词学会庆祝建军90周年作。蒋润
观将军解放后在解放军学院从事研究毛泽东军事思想
的工作。

晚居

避尘村野外，屋与碧溪邻。

已隔嚣街远，便听啼鸟亲。

小园春醉蝶，山月夜邀人。

难有千金赋，孤灯读汉秦。

注：此诗为 2017 年闲居溪山感作。

丁酉谷雨霞峰诗会分韵得"时"字，题霞峰古镇

论诗霞灿地，把盏落花时。

识浅眸难豁，春深物易移。

已叹文庙失，尚虑古塘危。

翰脉寻何处，嗟余费客思。

注：此诗为 2017 年诗友聚酌分韵所作。因当地建设，文庙已拆，古塘也危。

题江右诸人赴广丰开年会

骚客西来约仲春，一湖仙水洗劳尘。

白花有梦萦怀久，红豆思君寄意频。

常自篇中困蛇足，欲于江右探龙鳞。

野村难觅辛公迹，山寺相迎世外人。

注：此诗为迎江右诗社诸诗人而作。蛇足：画蛇添足，此自喻。

贺煊公（汪俊辉）六十生辰

生平功业壮云雷，坐叹光阴去不回。

治县曾经踪郑燮，随园此日步袁枚。

文章一代存高格，人物百年珍俊才。

了却君王天下事，农家有约酌桑槐。

注：贺诗，作于 2017 年。

丁酉三伏论诗霞峰

堪笑书生意气殊，痴诗酷伏一何愚。

妙联应赞新骚客，精析犹惊旧酒徒。

天上词章原引玉，此间人物各怀珠。

无由浪逐三江去，却向山塘看戏凫。

注：此诗作于 2017 年夏。三江诗社时已扩社，人
多事杂，故欲归乡清闲。

次韵铁林《下放诗》

不闻沿路鼓铿锵，一径西风到僻乡。

回首当年埋志处，心中百感付吟章。

注：余曾下放农村十年，故而感深。

江上

江阔扁舟渺，秋波泛晚晖。

千年帆影尽，独看鹭鸥归。

注：此诗作于 2017 年。

丁酉处暑有感

江南八月暑勾留，日烈蝉嘶无觅秋。

贞白光阴虚寸寸，东岩树木碧幽幽。

满城谁买千金赋，举世争营万户侯。

若问坊间红紫事，长街处处说新楼。

注：东岩，夏尚朴，号东岩。此诗为 2017 年夏有感世态而作。

读师《病后观雨吟怀》

万里云天也梦思，一春生计半敷饥。

读书渐觉登科渺，对镜犹惭报国迟。

长有丹心朝北阙，仍留逸兴问东篱。

潇潇细雨生秋意，正是抚弦作赋时。

注：读师病后诗感慨颇多，师一生坎坷，年轻时生活贫困，老来犹思有为，令人敬佩。

丁酉孟秋游鹤山神仙谷

金风十里驻轻车，一谷嫣然万簇花。

黛壁遥望藏鬼洞，清流直溯到僧家。

编茅似见桃源趣，染血何存战坂沙。

难得忙人思雅聚，相偕故地问桑麻。

注：神仙谷在广丰洋口鹤山，谷中有一神仙洞和一鬼洞。传有唐官兵大战黄巢古迹，现新开发为旅游点。此诗写于 2017 年秋。

孟秋吟

晓立清阶玉露轻，侵肤寒意逐风生。

红荷一去江南冷，漫天飞絮作秋声。

注：此诗为丁酉（2017）秋作。

奉和古今中外《登白花岩》

一石东南踞，声名天下闻。

仰高亲冷月，俯首弄闲云。

文武前川隔，仙凡此地分。

只缘祈福广，香客自来勤。

注：古今中外，原名张荣富，中学教师，梦霞诗社秘书长。此诗唱和于2017年。文武：即杨文、杨武兄弟。

读刘国强先生《忆老山》有感

征西卅载忆犹新，滇桂关头草自春。

散尽硝烟遗悸梦，空留岁月悼亲人。

杜鹃染血环青冢，壮士飞霜剩孑身。

养虎酿成当日患，劝君悯世慎扶贫。

注：刘国强，广丰籍人，携笔从戎28载，曾亲历老山对越作战，诗文俱佳，余之挚友。中国曾多年援越抗美，后反受其累。

题陈骥先生为桑梓购书建馆

莫谓书生事事输，真人似不计聪愚。

家非坐地千金客，行是云天大丈夫。

朱子有庐情阙里，孔丘无悔老江湖。

光阴一寸传千载，衣钵相承梦不孤。

注：2017 年陈骥先生为推动广丰诗词事业，购书建馆，资家乡学诗之人。

读《海藏楼》诗集，感郑孝胥人生

楼藏危浪底深深，两面人生迹待寻。

精卫难填含恨海，郑公翻作媚夷音。

衔威恨不归华夏，声藉终还附兽禽。

汉史煌煌千载记，剩余诗集后人吟。

注：郑孝胥，民国时期的学者，著有《海藏楼诗集》。曾任伪满洲国总理。

丁酉秋与跃明等人游博山寺后小酌分韵得"合"字

瞻罢博山圆寂塔，人生方悟如消蜡。

大儒隔代出新儒，小衲经年成老衲。

且向杯间饯别离，莫从天下论分合。

此情犹似藕丝萦，归驿秋风吹飒飒。

注：丁酉（2017）中秋余与披云、跃明、远存游博山寺后小酌分韵。跃明、远存为婺源诗界佼佼者。

秋晨路边见一夹竹桃，咏之

小圃苍苍晓露中，层层绿叶裹嫣红。

只疑春夏花重发，孰料竹桃情暗通。

品已感人连理节，骨犹逆势傲西风。

可怜薄命逢君子，化作鸳鸯两两融。

注：此诗为2017年秋见夹竹桃有感而作。

读树林《秋夜》次韵奉和

婵娟何事莅凡河，渔火星光照影多。

流水梦中听泣咽，归舟柳下醉婆娑。

信知茅屋深深恨，那识长门夜夜歌。

总为生涯多浪迹，此生秋去不蹉跎。

注：此诗作于 2017 年秋，为余与树林唱和之作。

红鲤

几株疏竹倚方塘，霞影穿波水底藏。

远避尘嚣悠自乐，龙门虽好早相忘。

注：家有鱼池一方，养金鲤数尾，闲作观赏。

次韵古今中外《莲藕吟》

冬来何处寻君迹，已作朱楼筵上客。

心有千丝俗世牵，身如碧玉晶莹白。

注：此诗作于 2017 年秋。

婆源"人防杯"参赛作品

衰朝曾毁汉时关，千载民生血汗斑。

已纵钢枪开日月，便须铁桶护江山。

积粮自是千秋计，拒虎应非一日艰。

挖洞深深危意潜，更教家国永无患。

注：此诗应诗友方跃明先生之邀投稿参赛，意外获奖。方先生为婆源县诗词学会会长，江西著名诗人。

母校之忆

朗朗书声彻校园，百年小庙转黉门。

红楼绿苑皆新筑，黛瓦青砖杳旧痕。

故地已教人刮目，远师长使子牵魂。

眼前多少沧桑事，此日那堪细细温。

注：母校洋口中学前身是一座将军庙，余曾于1955—1963 年在此读书。此诗于 2017 年校友聚会时作。

元旦有感

都道开元好，谁怜白发新。

未忘江海客，已是古稀人。

酒可撩诗兴，墨能清俗尘。

从今闲自在，万事莫当真。

注：此诗为 2018 年开篇之作，时余刚满 70 岁。

冬日赏梅有感寄婺源故人

谁将三友一园栽，冬至江南几梦梅。

残叶有知先潜去，霜风久唤始徐来。

已呈姿色迟供目，应有骚人不负杯。

总为春荣招万物，却怜身自没尘埃。

注：此诗为赏梅后寄婺源诗友之作。同院中另栽有松竹。婺源方先生好杯中之物。

平安夜有寄

火树银花灿绮罗，冬城不夜客穿梭。

耶稣蒙难知人少，圣诞寻欢狂者多。

欲庆平安五洲福，仍祈息战万方和。

东西渐觉融文俗，小小环球事可磨。

注：此诗写于 2017 年冬。西方圣诞前夜谓平安夜。

奉和古今中外《老牛》

此生莫怨错投门，食草眠薪尚报恩。

做马扬蹄犹有日，怜君俯首更无言。

注：此乃与友人唱酬之作。余属牛，故有所感。

读陈骥先生《丁酉小集》

挤得茶余半点闲，读书捉笔两难删。

惜家思聚三重乐，敬业安逃一夕艰。

九派传经任自重，三岩播韵事攸关。

此情父老谁能识，空负天遗几座山。

注：陈骥即披云先生，在出版社工作，平日工作繁忙，除了写作还关心家乡诗词事业。几座山：指三岩等景点。

丁酉腊月十五晓见大雪纷飞即兴

纷扬彻夜白盐堆，晓看琼花遍地栽。

一别江南常入梦，三年又见玉人来。

注：江南三年未有大雪，故喜。

奉和牧云猎影《祭灶神有感》

今日送君登九庭，人间善恶奏天听。

求官拜佛身能贵，无德有财签也灵。

对策大多应政策，明星几个是民星。

空闻尘世诚仁寡，治本重温三字经。

注：此诗写于 2017 年冬。每年腊月二十三日为祭灶神日。

丁酉换岁兼和牧云猎影《岁暮寄梦霞诸君》

悠扬子正一声钟，又见神州除旧容。

画虎今年多类犬，雕虫此日可成龙。

东风欲暖江边柳，政策新滋陌上农。

幸我有朋多韵客，鸿来雁去许相逢。

注：此为丁酉（2017）除夕奉和刘国强先生之作。次年生肖为犬。

奉和树林《偶过东街进士第》

大宅深深少马车，闲庭偶步桂香疏。

前朝有纪功名匾，此处存遗进士居。

指点江山人世换，耕耘笔墨翰风余。

至今故里思文杰，一寸光阴未肯虚。

注：此诗写于 2017 年冬。

戊戌春三江诗友聚城西分韵赋诗得"最"字

寻芳二月槠溪外，谁把丹青山野绘。

陌上佳人此处多，世间美景春时最。

酬音难有伯牙弦，索赋还须滕阁会。

莫道东风万物荣，水流花落终无奈。

注：此诗是戊戌（2018）开春与上饶县诗友聚酌唱酬之一。城西，上饶县别名。槠溪是上饶市、县交界处一条清溪。

步韵奉和古今中外《阳春》

灵山仰望欲天齐，二月春来动鸟啼。

绿野无边荣草树，槠溪几处艳桃梨。

拓开阡陌田间画，好看骚人酒后题。

胜地招商多创意，风荷十里自成蹊。

注：此诗写于 2017 年，题灵山脚下新开发的"十里风荷"小镇，是与古今中外的唱和之一。

梦霞群分韵得"江"字，题"春"

新波嫩柳绿成双，鹭筏渔舟竞一江。

晓觉难醒耕韵梦，啼莺已唤读书窗。

香招粉蝶初花舞，牛引铁犁微雨扛。

昨夜东风吴楚过，消魂春色遍尧邦。

注：此为分韵诗，写于 2018 年春。

分韵《诗经》"有怀于卫，靡日不思"得"日"字，咏柳

叶落秋霜风韵失，东君吹处重飘逸。

借他春色媚三分，约汝桃花欢几日。

万缕丝牵翰墨郎，千枝身化丹青笔。

从来飞絮畏人言，闭户也能招妒嫉。

注：此为与上饶县诸友分韵诗，写于 2018 年春。

贺吴长庚教授七十大寿，次吴原玉

延陵事业杏儒兼，笔墨风流出自然。

著论总经思熟后，吟诗多用性情先。

但存文骨三苏逸，更有词肠七子绵。

最是宝刀长不老，古稀犹作咏松篇。

注：2018年三江诗社四位诗友七十诞辰，相互祝贺。四诗友：吴长庚、葛彩锭、刘远祥及余。三苏：苏洵，苏轼，苏辙。毛主席诗也崇三苏。七子：建安七子。

贺葛彩锭老师七十大寿

生在开元息万骖，几家有女胜儿男。

夙缘有讯梅开二，妙笔无痕步进三。

君驭诗江归海阔，我居绿野享天蓝。

何时邀得弹冠友，燃竹烹茶促膝谈。

注：葛彩锭，女，三江诗社第一任社长，曾出版诗集三部，与吴、余同庚。

谢万年香儿贺寿诗次韵奉和

天香荡漾满春枝，恰是鱼传尺素时。

万担江波诚可鉴，百年寿诞事难期。

怜才叹我无琴瑟，咏絮劳君有贺诗。

莫怨天涯相识晚，神交此日不言迟。

注：此为诗友贺寿的唱和之诗。万年香儿：指蒋样香，女，万年诗人，诗风老辣，语言活泼，其为余贺寿诗中有"权赊信水万千担，遥祝师尊百岁期"句。

次韵谢红星秘书长贺寿诗

白驹方过已颐年，长走坊间求墨贤。

浣女藏闺人不识，文君待嫁誉相传。

未期四海趋吟客，却喜三江有继弦。

总为余年归寂寞，人生际遇尽因缘。

注：此为与诗友贺寿唱和之诗。祝红星：女，时任三江诗社秘书长，天资聪慧，诗风老成练达，三江诗社栋梁之材。

丰和杯全国"样式雷"古典建筑诗词大赛

高阁巍峨叹汉宫，京华几处古遗风。

飞檐斗拱蓝天外，凤阙龙坛样式中。

七代世家传鬼斧，六朝胜迹竞神工。

云雷手笔君王业，留得奇观世界东。

注：此诗写于 2017 年，为参加"样式雷"古典建筑设计诗词大赛所作。样式雷：指古建筑设计家族雷家，曾出多位大师。

戊戌春故人刘孝行来访，忆当年旧事，有感

倒履迎佳客，卅年旧忆回。

不堪尘后事，恍作院中苔。

白发层层染，光阴寸寸催。

人间醒一梦，几度数寒梅。

注：刘孝行，洋口中学原校领导，曾劝余创业，与余交往多年，情笃意合，其人喜爱文学，著述颇丰。

戊戌谷雨游华家源分韵得"事"字

夹道苍松堆翡翠，烟村行处游人醉。

池边茅舍坐忘归，石畔幽篁吟有寄。

千载谁知纺织家，一朝重说桑蚕事。

难逃世俗追星劫，朱子蒙邀居苎地。

注：华家源隶属广丰壶峤镇，为新农村建设示范点，以夏布业闻名，游客甚众。华家源建有朱子广场，但无朱子有关事迹。此诗写于 2018 年春，为梦霞诗社诗友分韵诗。

第二届文博会在洋口成功举办

瀛州旋起八方埃，北客南商纷沓来。

金发乌肤看异国，青花白玉展同台。

岂缘逐利奔千里，只为传文作一媒。

多情应谢东君意，梓里繁荣赖尔催。

注：2016—2017 年，洋口连办两届文博会。瀛洲：洋口别名。东君：此指上级政府领导。

题《湖山暮春图》

柳媚桃妍入画中，兰舟载酒水云空。

此间暂忘王侯业，独向溪山近绿红。

注：此诗写于 2018 年春。

次韵江南春《苦吟》之四

从来孝道九州延，感动观音渡厄船。

跪乳先明郯子志，操刀喜有华佗缘。

已经雪后飞花劫，好执春归得意鞭。

一别丰台千里过，望平绿野到乡前。

注：江南春，原名方跃明，江西婺源人，在北京侍母病时曾作十八首《苦吟》诗，余感其孝心，题此以赞，写于 2018 年初春。郯子：古代孝子。华佗：古代名医。

贺刘江先生六十寿

弄潮骄子立潮头，六十风云载一舟。

未忘修身持大德，也曾为国柱中流。

范蠡湖泛三千楫，彭祖身闲八百秋。

乡梦从来连廖廓，教人万里动思愁。

注：刘江，广丰霞峰人，少年从戎，军中骄子，退休后居太湖之畔。2018年清明归乡祭祖时与诗友国强来访，遂成好友。春秋时范蠡、西施归隐太湖。

母亲节忆母

每忆归家日暮迟，挑灯望子倚门时。

常忧径暗惊蛇伏，犹恐山阴鬼魅随。

三伏稼忙青笠伴，孤灯织晚晓星知。

萱恩一自当年断，今日嘘寒更有谁？

注：此诗作于2018年母亲节。下放农村时，余每日打工早出晚归，母必挑灯送迎。

戊戌孟夏与友游辛弃疾瓢泉旧居二首

一

瓜山脚下一瓢幽，曾伴骚人寄国愁。

千载遗声犹振玉，胡尘不复卷中州。

二

平戎策逊议和疏，染尽髭须壮志余。

一窟清泉如趵突，暂将归梦寄乡居。

注：2018年春，余与上饶县诗友赴铅山觅辛弃疾旧居及墓地，此为其中作品之一。趵突：指济南名泉趵突泉，亦稼轩故乡之泉。

谒辛翁墓

江山几度数星移，青冢一丘千古垂。

北上王师空许日，南归志士恨无期。

国仇未报难闲笔，稼事长亲且寄词。

回首胡尘成旧史，苍松十里伴孤碑。

注：辛弃疾墓在铅山，2018年春余偕国庆等诗友第一次拜谒。

为恩师整理遗稿，感而作

一叠珠玑捧手中，恩师心血透笺红。

五车学自耕书厚，八十寿缘修德丰。

少不逢时悲楚骨，老犹续梦竞唐风。

人间半纪沧桑笔，几度催人泪眼朦。

注：恩师老年对诗词尤为专注，共创作作品四百余首，逝世前未及整理，由余代理。此诗作于2018年夏秋恩师逝世之际，思忆旧事不胜感慨。

戊戌三江年会暨四皓贺寿盛宴有感

无成一事逐秋归，羞向人前说古稀。

会赴三江醋夏雨，筵开四皓灿春晖。

前汪景美堪留驻，后秀鹰扬正远飞。

栀子香浓还有意，教人尽日浸芳菲。

注：戊戌（2018）年春三江诗社中有四人七十生辰，诗社年会时特开盛宴以纪。前汪：地名，年会召开地点。后秀，指三江年轻诗人。

读光龙《农事五月吟》次韵戏和

李郎行赋咏荆妻，道是吟鞭催老蹄。

力作纵能劳股骨，笔耕更胜动耙犁。

莫夸忙夏双双辅，应赞怡秋两两携。

自是农家桑稼乐，何妨日日伴牛鸡。

注：李光龙，诗友，上饶县人，三江诗社第二届副社长，笔耕勤奋。此诗写于 2018 年。

听同学郑积雨吹笛

同是颐年客，天涯百难身。

今听君一曲，岁暮焕精神。

注：郑积雨为余少年在广丰中学时同学，大南乡人。余下放时其亦在大南，故别有感情。

与城西诗友小酌分韵得"满"字，题春

惜春总觉春光短，柳绿桃红一园满。

捂被犹惊夜梦寒，开门又沐东风暖。

好看紫燕雨相随，且逐赤鹃蜂与伴。

昨夜酬诗到五更，日高笑道闲人懒。

注：此为与上饶县诗友分韵作，写于 2018 年。

戊戌夏梦霞诸友聚寒舍尝远祥赠鲜李

困居不识李年丰，道友多情赠市翁。

借得枝头一盆果，招来洞里几闲公。

樽前漫觉诗风盛，笔下偏遭意境穷。

自许寒门无扰事，常邀夫子侃时风。

注：远祥指刘远祥，三江诗社创始人之一，亦参与梦霞诗社群初创。

登仙霞岭古雄关

百尺城楼故垒遗，金戈耀日阻蕃篱。

似闻怒马嘶山竹，恍见精兵竖战旗。

尘客登临怀旧史，将军醒梦得门蛇。

莫嗟往事成烟久，古道沧桑尚有碑。

注：仙霞关，江南四大名关之一，在浙江江山境内，传黄巢被困，得高人以门蛇（闽）字指点，从浙江出福建而得兴盛一时。

和葛老师《游上清天师府》

不见青牛散紫霞，眼前殿宇叹豪奢。

深幽似是神仙府，威肃分明宰相家。

七世天师承大道，千年名观识浮槎。

上清虽小藏龙虎，仗剑人间镇百邪。

注：此为 2018 年与葛老师唱和之作。天师府在贵溪上清镇，与龙虎山为邻，同是游览胜地。

夏日

窗外啼莺换噪蝉，桃花流水梦犹牵。

三千蛱蝶闲芜院，八百诗家探睡莲。

虎豸韬深藏穴息，蝇蚊气短扰人眠。

何如忘却炎凉念，心底风清得自然。

注：此诗为 2018 年婺源"查记桃花雪杯"而作，题"夏日"。

戊戌夏与糊涂、三缄、红星小酌城西

浮生似鸟几回飞，小酌那须大醉归。

肯与糊涂聊国是，不偕醉客论人非。

随园渐见星光灿，新社缘何韵事稀。

我借江郎一方砚，晚来犹自惜吟机。

注：糊涂，吴国庆。三缄：李光龙。红星：祝红星。三人皆余挚友。此诗写于 2018 年夏。新社：三江诗社。

黔西归来十年忆旧事

曾自黔山筑小庐，十年倏忽忆当初。

杜鹃开日乡愁重，秋雁归时家讯疏。

总信辞亲为酬友，始知浪迹胜攻书。

悲欢旧事空相恋，人世从来一梦虚。

注：2004 年余曾在黔西务工，朋友、故地颇有感情，时有思念。此诗写于回乡后十年。

大暑有感

夜夜空调送枕阴，人间六月炙长侵。

祝融已令千川烤，后羿空教九日沉。

客炒热楼愁度劫，商痴冷市念淘金。

观音无奈炎凉事，徒有慈悲济世心。

注：此诗写于 2018 年夏，时炒楼正热。

忆下放农村十年

日背骄阳夜伴星，此生有幸作知青。

务农曾是兴邦策，忆苦长当座右铭。

乱世读书无什用，贫家种薯有新经。

可怜举国忙生计，几个达人能独醒。

注：余曾于 1969 年至 1979 年被下放农村种田，回想当时的许多往事和政策令人唏嘘。

戊戌夏迎方跃明来访

溪山独坐避嚣埃，鹊讯初传北客来。

一载神交方识俊，几篇雁寄早为媒。

欲留胜地千秋笔，便赖骚人八斗才。

憾我无缘亲杜酿，洗尘席上愧空杯。

注：2018年夏，方跃明自婺源来广丰游白花岩，并赋诗咏之，此为余相迎之诗。

暮春寻踪博山稼轩遗址之笔架山

辛公游兴浓，笔架忘山外。

风雨历千年，星辰熏一怪。

此来亲圣贤，愿以偿诗债。

未识昔年轩，石前诚一拜。

注：此诗作于2018年夏，时游笔架山、雨岩二胜地。

戊戌立秋三江群贤赴灵山采风论诗

酷暑登高倦亦无，灵山论赋集诗儒。

一腔豪气书生笔，千仞奇川逸士图。

跳出尘间求境界，更从云外识明珠。

三江此日巅峰聚，干将磨成傲万夫。

注：此诗应红星邀作。干将：春秋时宝剑。

悼恩师蒋敦鑫二首

一

秋风江上叶飘时，昨夜文坛耄宿辞。

月冷东斋惟论在，梦归铜钹有诗遗。

但悲仙阙召书早，长痛程门立雪迟。

从此溪山长寂寞，释疑何处问吾师。

二

静夜惊风动浊波，漫天飞泪化滂沱。

著书已敬千秋笔，遗赋旋成长恨歌。

缺米人生愁不断，观鱼岁月苦无多。

而今一弃悲欢去，万种亲思叹奈何。

注：戊戌（2018）秋初恩师辞世，享年83岁。余

悲痛之余，忆和师平生相交情景，作此二律以纪。缺米：师年轻时家境清苦。

戊戌末伏喜迎徐天伟博士来访

久闭三江锈闸开，风云际会动春雷。

说词妙释辛公笔，化物初欣博士才。

已注九心求笃学，尚留一念访乡台。

孤吟常觉溪山寂，野径荒村喜客来。

注：徐博士天伟，攻读化学，爱好诗词，尤擅填词，2018年夏初访寒舍。天伟祖父为广丰人，后迁居铅山，此行又回故乡一访。

灵山与十七郎失之交臂，今日重逢畅叙

灵山一会错程杨，山野重逢十七郎。

练达词常酸墨客，调皮侃易惹红妆。

相携骏骥驰能远，苦读藏书意转长。

附雅后生原乐事，叹吾老矣笔难狂。

注：十七郎，原名程杨，诗风活泼，擅词，曾在灵山一会，惜当时不识。2018 年夏与天伟一同来访。

戊戌中秋读保涎见寄，次韵奉和

欲把乡音寄片云，团圆此夕叹身分。
秋风最是珍离别，吹去残蝉好梦君。

注：此诗为与保涎唱和之作，作于 2018 年初秋。时他在异地。

老妻偶腰伤卧床侍奉有感

寒窑花烛忆犹新，风雨相依一路尘。
患难同甘原夙命，糟糠作伴盼终身。
抚君瘦骨怜多病，偕子白头应惜春。
冷暖年年长与共，此生如幻却为真。

注：余一生少持家务，幸有贤妻，非常珍之。此诗写于 2018 秋。

读保涎《岭南春色》步韵题"丰溪春色"奉和

莺雀喧喧又闹春，溪边鹭筏荡曦晨。

虫惊初蛰花酥雨，桃染胭脂梨镀银。

客邑万家腔异味，乡关千里夜同轮。

鱼书欲托东流水，寄与天涯浪迹人。

注：袁保涎先生为广丰"90后"年轻一代诗人，知识广博，诗风健硕，时在广东工作。此诗写于2019年春。

国强为余求名家篆印一枚，作此以谢

雕凿阴阳布笔艰，密疏肥瘦费增删。

行云流水涛笺上，镇墨添香方寸间。

管鲍分金情已笃，伯牙酬友义如山。

一钤心意难银论，励我高峰节节攀。

注：此诗写于 2018 年冬。国强友得知余喜欢书法，特请国内名家为余篆印。

初入鄱阳诗词群

蜗居长对一池荷，不识名湖彦俊多。
欲把孤舟临万顷，腹空犹自费蹉跎。

注：此诗写于 2018 年。

次《临屏寄与傅老师》韵，致卢翀校长

心梦亦遥连，况牵乡祖缘。
相逢何促促，有盼总年年。

注：此诗写于 2018 年冬皂头贺友新居。卢翀校长为余老家皂头人，共为诗友，更见乡亲情。

退休十年有感

莫论当年是与非，半生风雨意多违。
青春难展凌云志，白首徒存叱狗威。

十万钱随寒暑逝，三千日逐晓昏归。

明朝问菊东篱去，闲伴溪山易忘机。

注：此诗作于 2018 年冬，为余感事之作。

卷三　诗

读红星散文《古寺，监狱，七峰岩》

欲瞻胜迹不辞冬，潇洒行文到七峰。

古寺誉非唯佛法，将军望亦感禅宗。

莫惊妙笔神飞墨，应许娥眉善舞龙。

读罢华章心跃跃，何时也觅旧行踪。

注：红星为上饶才女，诗赋文章样样精通，此诗
为余读其散文后感作，写于2018年。

题戊戌六君子蒙难百廿年

戊戌应悲六君子，京华引颈同赴死。

一腔碧血唤睡狮，千载炎黄垂青史。

医人广仁国难医，横刀嗣同谁得似。

风云年代风雷激，一纪光阴转眼逝。

十亿苍生重振奋，百年屈辱今雪耻。

回首皇帝今安在，东方旭日冉冉起。

注：此诗作于2018年。

题慧芳女士为子伴读携夫离乡移居县城

百淘沙砾始成金，天下谁怜父母心。

十载寒窗训从古，三迁孟母事看今。

鱼龙望子期腾跃，琴瑟携夫岂伴吟。

半百离乡尝苦胆，方知护犊用情深。

注：慧芳女士酷爱文学，为子求学而迁居，可谓现代孟母。此诗作于 2018 年秋。

戊戌白露有感

寒气三千里，河山一夜苍。

凉生因露白，霜落见花黄。

人事西风冷，音书北雁忙。

射雕年已暮，闲坐读唐章。

注：人入暮，秋初临，有感世事。

奉和刘国强先生《西施》

越甲三千葬太湖，江东盟主自归吴。

卧薪半可回王业，欢帐终能覆霸图。

长惜舍身怜浣女，应知改史亦娇姝。

至今溪上传佳话，莫效东施名乱沽。

注：此诗为和刘国强的唱酬诗之一，作于 2018 年。

秋恋

荷锄南山近秋暮，老醉唐风迷古赋。

东街购得江郎笔，北郭漫习邯郸步。

芸窗弄墨乐天年，冬钓寒江夏伴莲。

常邀胜地分诗韵，也聚竹林酌七贤。

人生得意原知足，长恨华年如露促。

繁华空眩满城车，秋风恍见少陵屋。

我羡太白逍遥侯，换酒何惜千金裘。

一坡青草春再发，一江春水不可留。

注：此诗作于戊戌（2018）夏，是与三江诗友在
上饶小酌之唱酬。

戊戌孟秋与树林夜访博山寺（选二）

一

径转廊回放眼瞻，巍巍三宝自庄严。
从来拜谒官家早，只为消灾求一签。

二

禅门踏遍只芒鞋，世上修行不独斋。
此日意诚心向善，俗夫也可脱凡骸。

注：夜访古寺，别有感悟。

读难得糊涂《知非有怀》兼贺寿

叱咤江湖一瞬间，霜飞两鬓见初斑。
未同狡兔营三窟，空把豪情斩五关。
处世糊涂原是福，谋生坎坷乃知艰。

楮溪杨柳年年绿，相伴相依百岁闲。

注：难得糊涂原名吴国庆，为人轻财重义，少年时开矿淘金，中年习诗，风格别具。此诗作于 2018 年。

游广东农家乐二首

一

岭南秋令似阳春，寂寞田闲不见人。
若问丰收何处觅，农家乐里数钱频。

二

闻名无觅旧时村，百尺苍榕路口蹲。
老树多情犹忆旧，浑身满挂昔年根。

注：此组诗为 2018 年夏余偕友游广东到农家有感而作。其二题千年榕树。

重访大南，纪念下放五十周年

桑田旧宅尚依稀，白尽青丝游子归。

温梦清秋身半暮，埋春故地事全非。

山川自不随人老，岁月还忙催柚肥。

世事年来多俗赘，知章走马暂忘机。

注：余曾下放大南乡，对之感情很深，有如第二故乡。2018 年重访作此。

题港珠澳大桥

惯看高楼平地起，何曾大道海中横。

伶仃百里环三邑，港澳双珠贯一程。

飘渺欲从南海探，腾飞且向普陀行。

此桥应属天宫有，架向神州举世惊。

注：港珠澳三市环伶仃洋，该大桥创多项世界之最。

咏石

花花世界识坚贞，偏是冥顽最动情。

都道黄金能富国，谁知灵石亦倾城。

藏山匿水人难掘，填海补天世有评。

痴醉几多寻宝客，四时不误苦耘耕。

注：近年来坊间掀起一股"玩石热"，多人沉醉其中。

梦师

促膝烹茶话古贤，清姿潇洒宛生前。

醒知念甚滋迷幻，梦忘身空入洞天。

寒气初来先袭我，斯人一去便成仙。

秋行最怕关东巷，旧地萧萧心易煎。

注：昨夜梦与师品茗、游山，醒后久不能寐，作此。师于2018年夏逝世，在世日常与之品茗论诗。游铜钹山，故而梦之。关东巷：师旧居。此诗写于2018年秋。

戊戌孟冬梦霞诗友小酌

久不欢杯聚梦霞，道人传柬约村家。

伤秋入眼枫能火，款客知心菊可茶。

黄酒何妨圆好梦，白头常自叹昏鸦。

三年一阕江郎赋，羞拨陈弦江上琶。

注：此为与诗友之唱酬，作于 2018 年冬。道人：
刘远祥。

咏史·隋炀帝运河之殇

欲疏南水济燕京，炀帝楼船启远征。

十万农夫罢桑稼，三千粉黛弄箫声。

长城筑就秦陵毁，漕运开时隋稷倾。

史镜煌煌常作鉴，功过颇费后人评。

注：咏史怀古之作，秦始皇、隋炀帝功过后人多
有评论。

戊戌孟冬游铜钹山木城关

石道盘旋接木城，深山何处旧屯兵。

参天松列辕门戟，错落坡连细柳营。

不见雄关遗怨骨，空闻幽谷啭啼莺。

千年战事青碑勒，古塞遥回号角声。

注：木城关为仙霞六关之一，在江西广丰铜钹山境内，地势险要，风光优美。余于2018年秋一游。

为李飞云先生新书题赠

少负才名辨称雄，生平事迹自非同。

三云阵里双全具，一卷书中五味融。

剑胆曾如燕士炽，琴心欲效伯牙工。

他年若辑瀛洲志，人物风流应有公。

注：李飞云，洋口名人。少年出道，文武兼修。为余故友，时有互访。三云：李飞云、夏瑞云、杨贞云三人，"文革"时洋口名人。燕士：荆轲。

下放之忆

吠犬鸣鸡蹦小虫，乡村乍到惑重重。

烹茶挑水田头汲，煮饭送粮机上舂。

一角青山埋壮志，十年风雨识贫农。

秋归坐忆当初事，如梦人生几旧踪。

注：20世纪70年代，余被下放到大南乡，生活十年，获知颇丰，感慨颇多。此诗为余2018年重访时写。

元旦约树林、远祥、广生雪夜小酌

文章生计两难全，送暑迎寒又一年。

欲借杜康聊韵事，未期琼玉舞樽前。

儒门旧赋今无继，老子新编世有传。

共约同题吟两节，良宵七步更谁先。

注：新年瑞雪，夜酌即兴。此诗作于2019年。

游黄山

素纱遮面秀何如，闻是神仙世外居。

石矗青霄奇有胜，松悬黛壁险无余。

莲花开顶南天近，壑瀑飞烟云汉虚。

但得山中围一席，结庵清静好攻书。

注：黄山风光天下驰名，有云海、迎客松、莲花峰等胜景。此诗写于 2018 年冬。

咏竹

久处溪山俗气无，逍遥避世淡荣枯。

素颜自不招蜂蝶，傲骨天生远鼠狐。

清瘦长怜幽径立，疏狂一任板桥涂。

同作岁暮三寒友，常笑娇梅不丈夫。

注：余生来爱竹，后园栽竹三处。此诗写于 2018 年岁暮。

戊戌岁杪三江诗友聚饶城彭厨小酌分韵得"一"字

小楼听雨春怀逸，乘兴寻章分韵笔。

酒肆逢缘或聚三，延陵有著千挑一。

问渠捷思自何来，叹我典经无处出。

最是新年可慰衷，三江后浪扬帆疾。

注：戊戌（2018）岁杪三江诸友聚酌分韵，彭厨已酌二遭。延陵：吴长庚教授号，吴多有著作。酒肆：指彭厨。

己亥正月喜红星、国庆来访

门外轻车带远尘，丰溪寒水正回春。

漫天云逐东风散，一院花缘细雨新。

情已忘年堪脱俗，心犹同志尚求真。

共烦伯仲关山隔，促膝何当作近邻。

注：红星、国庆皆为余挚友，经常互访。此诗写于 2019 年初。

己亥正月过余原创业地见旧楼历历，人事全非有感

十亩荒滩壮志酬，卅年一梦旧高楼。

青丝头上霜侵白，人事身边物转秋。

能饭廉颇终有憾，归源陶令自无忧。

桃花流水朝朝复，西去丰溪不可留。

注：位于丰溪河边的洋口建筑公司大楼，是余三十年前创业成功所建，现星移物换，昔年辉煌已逝，眼前楼在人非，不胜感慨。

次韵红星《己亥春江好》

度曲三岩听啭莺，青山百里笑相迎。

高湖已奉九仙浴，旧寨曾经双杰横。

楚地娥眉钟古韵，吴中父老乐新声。

春来红豆君堪折，便是无言也寄情。

注：《己亥春江好》为红星迎宾诗原唱，赓和者甚多，余亦附雅。九仙浴：九仙湖沐浴。

东岩咏

一

岭上飞湍一水流，碧潭幽处系扁舟。

深山小径人踪杳，月下茅檐独卧秋。

二

竹林深处翠生烟，枝上啼莺啭古弦。

自是谷幽听万壑，随风阵阵到溪边。

三

蓝天映水月初溶，玉立清潭有劲松。

待得晚风天外起，一川林涌似腾龙。

注：东岩，广丰关里水库源头，多有清泉小溪，明夏尚朴曾作《东岩十溪》。

己亥春，与红星、国庆、卢翀游河口辛弃疾公园

铁马金戈几洗磨，新松满目旧山河。

高台北望飞书急，信水西流带泪多。

笔是雷霆足惊世，身为人杰自堪歌。

仰贤坛下追前史，无限心潮逐逝波。

注：游辛园，观辛公像，思辛公壮业雄词。

步柯宏韵再题辛弃疾

雄心那耐久消磨，两鬓稀疏霜染多。

纵马沙场嗟锈戟，骑驴世路叹艰坡。

瓢泉池僻邻茅店，山鬼居幽发浩歌。

野老空怀驱虏志，无门报国漫蹉跎。

注：此为与柯宏先生之唱酬，写于己亥（2019）春。

春日感落花诗

姗姗来却去匆匆，伫立庭前吊落红。

百日荣枯随节令，一番迎送属东风。

繁华勘破能成佛，生死看开已作翁。

人世从来多变幻，玉堂金马转头空。

注：余家前庭栽有茶花、海棠、月季等，岁岁睹
其枯荣，似悟人生。此诗写于 2019 年。

己亥仲春为师整理诗稿，窥师一生风雨，感人至深，作此

半纪勤杏坛，十年吟诗路。

人知建安才，谁识其中苦。

幼遭门第落，"文革"折翼羽。

砥砺奋东斋，此身园丁许。

桃李天下满，声名桑梓誉。

三岩志少年，一时瀛洲聚。

流水逝人生，转眼斜阳暮。

秋怀寄溪山，笔墨题鸥鹭。

予亦李杜迷，欲吟司马赋。

少立程门雪，晚作山中树。

风云忽不测，哀师驾鹤去。

今日读遗篇，泪作漫天雨。

注：此为纪念恩师之作，其诗集现已出版。

己亥春，洋口中央桥河堤工程开工有感，即兴二首

一

流水年年过赵溪，风吹细柳拂残堤。

可怜桥畔临波户，岁岁潮来恐屋低。

二

民之琐事视为天，一纸蓝图解倒悬。

来日新堤幽径换，莺歌啭处柳生烟。

注：洋口中央桥河堤残破，百姓盼修多年。2019年春终于开工，是当时镇政府领导亲民之举。

奉和永林先生《暮春杂咏·柚子花》

惯把深枝藏白花，隔墙香气入邻家。

谁知身是红尘客，一夜东风到爪洼。

注：永林先生号"我是我"，广丰人，在浙江从教，擅诗词。此为与其唱和之作。

读煊公《浔阳楼宋江壁题》次韵奉和

浔阳江畔访名楼，千载题诗壁上留。

百劫终消随逝水，一鸣自此出人头。

心存忠义难投国，碑勒蓼洼未拜侯。

漫道世间无正道，江湖野史也传流。

注：此是与汪公唱和之作，作于2019年。

立夏吟

一

万紫千红一夜归，东风别去老芳菲。

农家四月无田事，闲牧南山犊也肥。

二

薰风吹雨乱花飞，绿野妆深滴翠薇。

莫笑美人迎夏急，街头处处短裙衣。

三

蚯蚓欢时蝼蝈鸣，朝朝立夏百官迎。

只缘此节催丰熟，千载君王也重耕。

注：此组诗写于 2019 年立夏。

次古今中外《题图诗》韵，反其意和之

一

寺深槐透春，难诱佛门人。

手里余香在，心中不染尘。

二

高墙围八尺，已隔世尘风。

纵有凡花艳，园幽悟更空。

注：古今中外原名张荣富，梦霞诗社秘书长，2017 年习诗，好学上进。

游铜钹山鹊桥谷

访美何愁路径遥，溪山雨雾雾徐消。

吟家胜日寻清境，幽谷暮春探鹊桥。

九女初醒识妆淡，青山豁朗见姿娇。

参差碧壑峰群立，错落琼楼阁细雕。

百级高阶接天宇，九重大殿胜灵霄。

登堂已见明红烛，入室方知藏洞箫。

梁祝无缘怨梦断，玉环有恨忍魂销。

人间月老爱心炽，天下鸳鸯诚意邀。

看罢姻缘结头世，空叹礼仪锁前朝。

古今旧俗遗千载，秦汉陈规废百条。

且就红尘学耕读，何如盛世伴渔樵。

巷头揽胜心难静，捉笔芸窗又一宵。

注：己亥（2019）谷雨游铜钹山鹊桥谷，鹊桥谷为铜钹山一景区，其中山水风光、亭台楼阁组成绝佳境地。

小园随吟

半亩蔬园竹结笆，三分种树一分花。

东翁自觉闲来闷，剩有一分栽夏瓜。

注：闲吟，作于 2019 年。

三江诗社 2019 年换届新人接班有感

五年风雨砺三江，回首波涛自不忘。

聚墨成河舟可载，乘风击楫志何藏。

柳营已授嫖姚印，汉殿暂随萧相章。

莫道孤吟多苦旅，耕耘方寸意飞扬。

注：三江诗社换届，诗社新陈代谢，负责人由江西诗坛名宿汪俊辉先生担任。

次铁林《题图诗》悯农

风雪那知衣履单，妆成玉宇任吹寒。

剧怜市远耕翁老，一杖难支身半残。

注：铁林，原名陈卫东，多才艺，习格律时间短，擅即兴快诗。此诗作于 2019 年。

初游安福武功山羊狮慕

一屏横峙绿原雄，万仞峰高半入空。

脚底云凝遨浩宇，耳边松劲识山风。

曾从龙虎探儒道，欲上羊狮窥武功。

久慕美名缘未遇，逐尘千里客来东。

注：羊狮慕风景之美不亚于国内诸多名山，惊叹之余作此以纪。龙虎，鹰潭龙虎山，亦为国内名山。

步前韵寄国强友

经真战火是英雄，当慰平生志不空。

信我文输司马赋，羡君诗有少陵风。

廿年戎马修文德，一夕归田闲武功。

难了乡情时绕梦，豁眸尽处总朝东。

注：此诗为与刘国强唱酬之一，作于 2019 年夏。

次韵国强《贺弟荣获省象棋代表赴京参赛诗》韵

河界三分作远征，一枰车马各攻城。

擒王谋借囊中计，折桂功居纸上兵。

决胜咸阳无鼓角，归来王者若公卿。

沙场迥异凯旋共，伯仲传书先见情。

注：国强为卫国志士，国强弟乃象棋高手，枰上凯旋与沙场凯旋皆可贺。

读卢翀《乔迁诗》次韵贺之

夫子庆莺迁，人生贺凯旋。

纵无千顷地，自有一方天。

悌孝前朝继，诗书后代传。

愧吾微薄礼，美味却尝先。

注：卢翀，家皂头，与余同乡，上饶县诗人。此贺诗写于 2019 年秋。

过丰溪河边见一榴树花开似火有感

一树团团火，燔燃五月红。

春光追未及，矢志晚争雄。

注：此诗写于 2019 年孟夏。

次韵光龙《农事闲吟》

也效荷犁学种田，耕耘垅上汲清泉。

茶烹青竹溶生态，柴拾枯枝取自然。

小舍阴依三棵树，孤村景见一池莲。

星光昨夜槐歌歇，晓看牧童黄犊牵。

注：余曾务农三年，对农村、农事亦有了解，即兴次韵。

次韵永林先生《归牛图》

入夏山川碧，桑榆一望收。

耕人晨自乐，屏画景看幽。

峰峻穿云立，枝繁卧水浮。

未闻啼乌唤，桥上到归牛。

注：此诗为与永林先生题图唱和诗，作于 2019 年夏。

己亥端午杂咏

不见豪车驻舞楼，屠龙劫已历三秋。

经年未觉油盐贵，此日方知官宦愁。

士子虽多皆食客，大夫原是属清流。

廉贪故事朝朝有，野史闲谈论不休。

注：近年中央反腐力度加大，有感作此限韵诗于 2019 年夏。

题《荷花翠鸟图》

白石生奇思，孤枝见匠心。

无池觉根浅，有鸟足情深。

笑尔轻挥笔，惭吾苦作吟。

不知天地大，另类亦知音。

注：此诗题画家齐白石先生的《荷花翠鸟图》，作于 2019 年夏。

题谭永锋先生《洋口古桥之中央桥》画

谁持寻古笔，泼墨百年桥。

水碧晨嬉鸟，居幽夜听潮。

风光薰小邑，功德敬吾曹。

老树溪边立，伴人闲作聊。

注：洋口三座古石桥，据县志载，为清代永丰县令亲自筹建。谭永锋先生为上饶信州区画家。

读国强诗步韵再寄

看破红尘自忘年，江湖携手浪如仙。

楚吴咫尺惟缘聚，伯仲生涯有梦牵。

文欲生花需妙笔，老能伏枥赖吟鞭。

何时重作山河约，莫令光阴逐逝烟。

注：此诗为与国强唱酬之一，作于 2019 年。山河约：约游山水。

都门桥怀旧

巷陌稀依辨逝痕，侵阶草色掩都门。

百年风雨街犹在，一代繁华迹不存。

石上青苔铭岁月，桥前瓦舍识湖村。

光阴终作无情水，剩有先贤梦可温。

注：洋口都门桥曾是古镇最繁华之入口。

题廖诗富老师摄《洋口老街》

瓦舍层层叠粉墙，一帧老迹见沧桑。

三街故事凭谁说，百载繁华此地藏。

舟辇已湮回望眼，史轮难碾梦思肠。

空叹古镇年年异，不尽清愁在邑乡。

注：洋口近年建设快，变化大，此诗为睹老街照，

思洋口旧事作。廖诗富：广丰摄影师。

题关里水库风光

五溪归一库，苍黛四围环。

云荡青天外，峰眠碧水间。

坐观鱼跃跃，静听鸟关关。

难数红尘累，何如此地闲。

注：关里水库为广丰第三大水库，在横山镇境内，风景优美，环境清幽，游之忘返。

次韵永林《杂咏》

苦作杏坛衣食营，清风两袖一书生。

昊天不屑蛇狐竞，宦海闲观鹬蚌争。

岁有峥嵘堪目睹，事无公道自眉横。

知非渐觉红尘燥，一笔芸芸尽世情。

注：此诗为与永林先生唱和之一，作于 2019 年。

梦霞群立社有感

一念传承腑底生，晚来桑梓结鸥盟。

青丝未及挑灯读，白首从今步月耕。

已借三岩勤练笔，当如五柳淡沽名。

红尘野马非吾属，独向溪山闲伴莺。

注：此诗为梦霞群扩为诗社之时作，作于2019年夏。

梦霞社论

长惜光阴逝不虚，三年回首梦霞初。

八兴空自叹工部，一赋难能追相如。

结社无忧文字狱，归闲尚有子陵庐。

坊间附雅今常事，应信山翁也读书。

注：此诗为梦霞立社后所作之论，2019年写。

次韵李敏女史《七月十五日访之渝师》

闭户潜身自晚耕，闲携藜杖绕园行。

无花难得开心笑，有客何妨倒履迎。

浅酒娥眉才待掘，豪情七子赋频生。

丰溪自古风光丽，更借诗人笔下荣。

注：李敏，女，五都中学教师，初习诗词，有灵性，进步快。此诗作于 2019 年夏。

己亥夏迎国庆、红星夜访

犹忆莺迁贺皂头，思怀已似隔三秋。

道人未罢三清课，女史重登御膳楼。

总信良言能劝客，却疑金玉可消愁。

短宵一别何期会，独把心声寄信州。

注：红星、国庆夜临洋口，为劝诫诗友抄袭事，临别寄言，余深感高义。

次蓝天白云《吟七夕》韵

银河今夜正无眠，隐隐瑶池动管弦。

万鹊垒桥唯此夕，双星隔岸已忘年。

可怜牛女难同梦，谁许仙凡得共天。

长叹人间多少榻，半虚一枕独怆然。

注：蓝天白云，鄱阳诗人余子庭，三江诗社社员，为人谦和，与余时有唱酬，为忘年之交。

己亥秋初溪边晨步

晓步清风起，幽堤乱叶堆。

兀峰随势立，流水豁然开。

柳下归舟楫，溪边坐钓台。

欲寻耕读处，此地绝尘埃。

注：余舍临丰溪水，时作晨步，偶有小诗。

题九一开学兼论农村父母进城伴读

如炉烈日被云吞，忽有清风到校园。

伴读万家归闹市，弃田几处剩空村。

公卿多自寒窗出，夫子终难山野存。

我亦逐尘忙整篚，自怜护犊老犹奔。

注：近年为小孩读书千村空舍、万户归城现象严重，余亦在上饶伴孙子读书。此诗为 9 月 1 日开学日有感而作。

古都游记七首

华清宫

骊山地火暖清池，惹得君王历代思。

兵谏西京诚可谅，香消马嵬事堪悲。

温汤不识兴亡事，史册尚留长恨词。

杨柳春风暄又是，回眸人世几迁移。

观秦兵马俑

列阵森严势壮哉，烽烟七霸望中回。

生临天下千军拥，死葬骊山一土堆。

十万战车归地穴，六雄社稷没尘埃。

只今兵马威还在，不复阿房劫后灰。

壶口瀑布

大河九曲径无拘，百丈狂涛束一壶。

空谷遥惊千尺泄，平川响彻万军呼。

霖生黄土疑飞雨，玉溅清潭已化珠。

莫道激流瞬间逝，人生回首若过驹。

游西安古城楼

垣堞重重护箭楼，秦川百里豁然收。

曾开霸业吞齐楚，终逐大风迎项刘。

故邑雄关长可继，咸阳王气去难谋。

城头画角中宵起，化作笙歌夜夜悠。

游洛阳龙门石窟

一山横峙隔江雄，万佛千姿异窟中。
山是天然盘古物，佛经雕凿汉唐风。
世间多有菩提树，此地独遗神鬼功。
欲借龙门祈圣佑，女皇都徙洛阳东。

游开封府

泣鬼森森黑脸包，堂前骁勇立王朝。
衙开九进王侯悚，铡摆三锋龙虎骄。
能断阴司十层狱，奈何人世万千妖。
于今纵有廉明吏，尚得明皇赐宝刀。

游开封清明上河园

陌上清明遍绮罗，彩虹桥下楫穿梭。
八家翰墨当年盛，九派遗风此处多。

尘卷沙场惊剑影，箫传古阁起笙歌。

细思北宋如崇武，那得番兵夜渡河。

注：2019 年孟夏，余与襟兄少奇，挚友金水西游西安、洛阳、开封三古都，此为游后所作。八家翰墨：唐宋八大家多在北宋开封。九派：九州，泛指神州。

七十感怀（选三）

一

挂涕当年小稚童，分明镜里白头翁。

破缸游戏犹如昨，种菜生涯渐近终。

惯对惊寒云卷北，淡看归海水流东。

古稀暂借江郎笔，也立程门习古风。

二

草庐春到绿新枝，又是花开日暖时。

庆我生辰原有序，阅他世界岂无期。

少年空寄嫖姚梦，垂老还亲工部诗。

愧把光阴虚七十，寻章凿句未嫌迟。

三

历届经朝阅世多，颐年心事问如何？

大锅照影汤和泪，破屋吹窗纸唱歌。

下海生涯怜沈约，还乡岁月叹廉颇。

而今了却红尘愿，独向溪山觅旧蓑。

注：此诗为 2018 年余 70 岁生日作，多为思念平生旧事之作，共八首，此选三。工部：杜甫世称杜工部。

早春晓行遇大雾

雾絮茫茫旷野堆，溪山十里尽笼灰。

行人不见枝头绿，犹问东风何日回。

注：此诗作于 2019 早春。

次韵永林先生《凡夫活法》

生来淡泊爱溪山，为佛为刁一念间。

总许志高难膝屈，偏因赋好自心关。

抱书三味非沽雅，筑舍孤村且度闲。

最怕声名身外累，无端致我鬓须斑。

注：周永林先生擅诗工律，曾入梦霞群，与余多有唱和。此诗写于 2019 年。

读少文先生《读傅诗有感》次韵奉和

伏枥何言晚，十年方悟开。

园偕贤内垦，梦为后生栽。

注：吕少文先生为五都中学教师，与余曾有唱和。

己亥初夏蒙国强盛情邀约与远祥同游仙女湖

娇容绝世一天湖，七女招来好色徒。

山自涛中浮碧黛，舟从岛外数明珠。

肥鲈为有清源水，夷酒还须白玉壶。

仙境十年难得遇，笑看尘客学酸儒。

注：此诗为初游新余仙女湖所作。

读郑宜良《天晴值班出警频繁》有感

少酬壮志护公安，日久方知履职难。

执法常熬三伏夜，巡宵惯耐五更寒。

河边走吏防鞋湿，邻里勤民宁口干。

最是忙身逢假节，何曾家聚一堂欢。

注：郑宜良，梦霞诗社社长，生活中时有佳作，与余亦有唱和。

筑堤工人

烈日悬头汗浸身，沉腰抱石筑堤人。

舍将两臂千斤力，换取东家一日薪。

注：余青少年时亦曾作泥瓦工人，见筑堤者故有
感作此。

游某地将军庙见大殿供奉三宝有感

不识奉尊何路神，百年颓庙也翻身。

三重大殿琉璃灿，几个将军衣甲新。

居士但祈功德满，老僧唯认佛经真。

从今悟道参禅合，好令空凡两两亲。

注：现今佛道合一较普遍，许多道观神庙为招香
客而添三宝，由和尚作住持。

夏日谒博山寺

涤尘何处去，山寺拜弥陀。

问卜僧无语，放生池有波。

佛门烦事少，幽壑劲松多。

我欲填饿腹，斋堂传课歌。

注：此诗写于 2019 年夏。

次韵胡松柏教授《怀辛公》

带湖结舍晚盟鸥，北望中原几梦游。

欲佩龙泉重跨马，奈何残月照霜头。

注：此诗写于2019年。

次韵永林先生《闲居杂诗》

花谢花开年复年，闲居安逸赛神仙。

赊来岁月方过十，凑得诗章欲上千。

宠辱无惊子陵钓，兴亡不碍伯夷眠。

自从移趣迷唐韵，日日鸿书到案前。

注：此为与永林生生唱和之一，作于2019年。余退休赋闲已十年。

限韵诗自题小舍

临溪筑舍柳依楼，泛泛渔舟春复秋。

晓被黄莺争问暖，晚随绿蚁渐忘愁。

屋中三昧深深悟，门外千车滚滚流。

已叹繁霜双鬓染，凌云大业一朝休。

注：曾与几个诗友试作限韵诗，此为其中之二。

戊戌岁末与远祥、荣富、享俊、广生游诸仙岩

小丘无大壑，幽处隐清禅。

殿势呈三叠，山形揽百川。

中居闲大佛，高阁聚诸仙。

世外丹崖静，何如此一眠。

注：诸仙岩，座广丰霞峰乡境内，有幽岩、古庙。余戊戌（2018）岁末慕名一游。

读国强杭城战友聚会十二律有怀

曾经生死共硝烟，壮士归来聚暮年。

铁血已销儿女骨，勋章长挂将军肩。

何妨瑞雪圆思梦，暂借寒宵续旧缘。

剩有回肠牵往事，莫教老泪落筵前。

题《壁虎图》

身手原非一日功，纵横壁上逞英雄。

自从君入房檐后，多少肤肌免肿红。

注：此诗为与友人唱和之题图诗，作于 2019 年。

次韵树林《再悼烟花爆炸遇难同胞》

天逢腊月总蒙蒙，继日谁怜夜半工。

岁月已然随水逝，羞囊岂可到年空。

天灾不为家贫异，人祸多因苟利同。

应卯归来闻道哭，破窗几处入西风。

注：洋口烟花爆炸致数人死亡，房屋损毁严重，损失巨大。

观庐山瀑布次树林《观瀑》韵

名山藏好景，溯水见清渊。

峭壁悬飞练，凹岩叠素绢。

势雄听谷震，声礴掩松喧。

暮宿心难静，余威入梦眠。

注：此诗为观庐山三叠泉作，于 2019 年秋。

次微墨《立夏抒怀》韵

争抢农时惯待雷，几家陌上早禾栽。

地关温饱时当理，天欲晴雨人费猜。

难驻飞花随逝水，独寻幽径步苍苔。

桑榆此日无繁事，且为春归尽一杯。

注：微墨，即陈华胜先生，广丰大南人，爱好文学，晚习诗词。

丙申清明为兄扫墓

纷纷细雨岭云昏，独上南坡吊寂魂。

墓草纵横肝欲断，青碑孑立泪长奔。

情因伯仲悲难寐，路界阴阳思永存。

倘有来生仍誓约，投胎还入一家门。

注：兄长逝于 2015 年夏，余年年都为兄扫墓。

读叶嘉莹女史《浣溪沙》感其半生海外飘零，捐尽家财三千万

海外飘零一雁孤，归思寸寸寄桑榆。

终生治学惭骚客，跨纪研诗成大儒。

落叶心中唯有国，石灰身后已无躯。

三千万岂寻常汗，应是易安肝胆涂。

注：叶嘉莹，女，1924 年生于北京，长居海外，她一生都致力于将古诗词的美带给世人。此诗作于 2019 年。

九一八有感

抑是英雄或狗熊，史书有论各难同。

老张一怒先归土，少帅三缄竟望风。

未忘硝烟生闸北，尚遗警笛震关东。

人间百载沧桑换，血泪辛酸到此终。

注：自古强国有梦，衰邦无节。此诗作于 2019 年。

国庆游行见画像忆小平同志

长安列阵庆生辰，逐浪思归忆伟人。

捉鼠双猫言似糙，兴邦一论义犹真。

社资融合前无例，贫富同途后有轮。

二十三年如过隙，豁眸改革浪潮新。

注：余敬仰小平同志，百姓丰衣足食皆赖此公。此诗作于 2019 年国庆。

游湄洲岛观海

偿梦观沧海，闽天揽浩波。

宇蓝云漫逐，沙白浪相摩。

送目轻舟渺，开怀美女多。

归来思未尽，不屑对枯河。

注：此诗作于 2019 年夏。

贺婺源县诗词学会第六届会员代表大会召开

任他千邑比楼新，绿水青山此地真。

问柳寻幽天下客，尊儒爱墨紫阳人。

朱程辈出长承雅，吴楚源分自脱尘。

我贺婺乡文翰盛，岂缘儿女独沾亲。

注：此诗为 2019 年应方跃明先生约而作。

游红岩寺半山洞

未识青山异，窥深始觉惊。

洞含烟水碧，径转石阶明。

造化非人凿，仙居随势成。

不虚衣汗湿，颇膝若常行。

注：红岩寺半山洞在上饶县茶亭乡境内小山中，粗看较平常，细览方知其趣。寺坐青山，洞襟碧水，环境极美。

题古今中外《美女圆月图》

夜寂一帆悬，月圆人未圆。

遥知孤枕冷，栏外立婵娟。

注：此诗作于 2019 年。

己亥季秋寄国强

胜日登高意自欣，枫红时节又思君。

眼迷山野千重嶂，心逐乡关一片云。

长忆开怀初览武，也曾促膝细论文。

自从揖别仙湖后，席上鱼腥总怕闻。

注：此诗为游新余后思友而作。初览武：指和国强同游武功山。尾句意指吃过仙女湖的鱼，其他地方的鱼无味了。

读铁林《白竹》次韵奉和

惯看板桥涂墨竹，初惊箭叶盖严霜。

名家着笔皆新意，何必为蚕自作框。

注：曾见青竹紫竹，未闻有白竹，世界之大无奇不有。

附原诗：

墨竹缘何生白叶，未因枝萎亦非霜。

一支粉笔描新意，妙想奇思入画框。

次韵戏和国庆《随诗词学会游三清山有寄》

豫章来韵客，权作伴骚人。

都道山川美，谁知粟帛辛。

远峰欲穷目，微雨已沾巾。

一日游归罢，难饶妻子嗔。

注：此诗作于 2019 年夏。

落桂吟

谢时戚戚绽时欣，一别梁园便不闻。

守得秋盟迎白露，忍将馨境化浮云。

芸窗依旧笼萧意，残赋凄然成悼文。

难舍芳魂埋冷冢，来年月满再邀君。

注：余家前后有玉桂、丹桂各一株，开时香透，谢后寂寞。

瞻龙溪祝氏宗祠

郭外青山蛰卧龙，江南万祝尽归宗。

祠前旗杆冲天立，堂后先灵接地壅。

百代千贤多望族，一朝两相独郎峰。

兴余走马归初暮，古寺悠悠听晚钟。

注：龙溪祝氏祝祠位于广丰东阳乡境内，规模宏伟，保存完整。2019年秋余邀上饶诗友祝红星女士一游。郎峰：龙溪祝氏宗祠分支所在。

观陈静吾先生书展有感次胡迎建会长韵

满室龙蛇舞，长瞻不欲离。

逸风如古者，朗骨自清之。

思巧当称匠，笔神堪作师。

憾吾时不待，问墨了无期。

注：陈静吾（已故），现代书法大师，亦擅诗词，书法自成一家。2019年夏，余有幸应红星女士邀观陈先生书展。

己亥秋暮重游灵鹫寺

万松葱郁掩琉璃，古刹参禅暮色垂。

法鼓初闻大雄殿，晚风轻拂放生池。

山中灵鹫遗唐盛，冢里衣冠吊宋衰。

常为凡身缠俗事，诚心拜佛憾来迟。

注：灵鹫寺位于广丰排山镇，建于唐朝，寺中有北宋末名将张叔夜衣冠冢。余曾数次造访。

次擎黄挚苍《瞻李鸿章旧居》韵

卖国纷纷骂此门，三朝拜相见忠魂。

丧师屈辱何曾忘，签约条文几度翻。

改革尚能容异类，图治可惜近黄昏。

半生戎马刀沾血，千载盖棺谁作论。

注：受近代部分书籍影响，世人对李鸿章多有偏见，然历史人物功过自有后人公评。

读煊公《过无锡谒东林书院有寄》有感次韵

三朝积誉盛江南，设馆评机两自谙。

许国无门难问政，还乡有舍作空谈。

庭僚偏忌东林笔，宠宦多荫万历龛。

一自清兵入关后，几人削发遁深庵。

注：久慕东林书院古迹，惜未一访，唯鹦鹉学
舌尔。

贺刘国强先生六十寿

负箧从戎成往忆，那堪岁月逝尘埃。

沙场缚虎曾惊寇，异国思乡几梦槐。

三十风云书翰册，六旬盛事贺辰杯。

问君吹烛何为愿？应是青松伴腊梅。

注：胜友花甲，思其戎马生涯，横戈纵笔，感而
有贺。

己亥冬赴广信区伴读有感

少年凿壁苦求知，百丈龙门世所期。

立命书生唯一考，择邻孟母费三思。

六年望子成材日，七十劳吾背井时。

应信苍天终不负，人间谁识白头痴。

注：余唯有一孙，故寄望甚殷。

读宜良先生《冬夜处警》有感次韵

月色风声入树林，寒山寂寂影森森。

乍闻村远民遭扰，那顾门危犬突侵。

暖被空堆难伴梦，残星寥落独知音。

我怜公仆无昏昼，归路繁霜尽湿襟。

注：宜良先生经常夜间处警，余读其诗赞其人。

旭日杂记一

课子家传自不忘，携书老去又辞乡。

新居日暖堪怡骨，旧宅门萧望断肠。

阔别故人逢有酒，乍成酬赋了无章。

但如孟母三迁愿，不使古稀遗恨长。

旭日杂感二

小城冬至雨霏霏，独坐客楼叹未归。

世事无常身少驻，浮生有愿意多违。

难酬壮志虚而立，耻钓华名伴古稀。

都道人情如纸薄，千年道德到今非。

注：此为余在上饶旭日镇伴孙儿读书时诸多杂感
之记载。

己亥冬广丰区诗词学会换届会在恒立中学召开有感

犹忆知非共习吟，十年一觉寸光阴。

博山诗事何曾了，南国霜风暂未侵。

捧读中宵思凿壁，聚贤岁杪又投林。

簧门今作程门敬，为有高山流水音。

注：广丰区诗词学会第一次换届有感。

己亥与红星女史观上饶师院师生太行"写生搜妙"画展

未乘千里马，已入太行游。

荒壑春华杳，苍山浩气遒。

写生窥美境，搜妙豁明眸。

愧我徒青眼，孰难分劣优。

注：此诗写于2019年秋。

己亥腊八，煊公拉菲庄院邀聚，分韵杜甫《腊日》得"草"字

山庄腊月梅开早，揖客婷婷迎夹道。

百步闲庭数径花，一方雅室栽兰草。

随园揽俊晚亲儒，范进穷经疲赶考。

饮得贤公酒满杯，聊将旧咏当新稿。

注：拉菲庄园在上饶市中心，庄园多梅兰花草。煊公时在彼处聚友邀酌，余亦几度赴约。

登大义桥怀古城永平

桥下碧波分水来，江天寥廓几萧槐。

老街市寂门罗雀，故垒垣苍石满苔。

地利曾缘双省扼，天时只为一河开。

凭栏多少繁华邑，千载东流付劫灰。

注：永平地扼赣闽两省，原是铅山县城，后因水运不便移县城于河口，今渐冷落。

谒灵鹫寺宋张叔夜衣冠冢

孤臣力尽陷孤城，二帝蒙羞出汴京。

社稷未亡南草寇，河山断送北番兵。

勤王事业终难竟，许国精神长可宏。

灵鹫无缘埋烈骨，衣冠筑冢纪英名。

注：此诗为怀古之作，作于 2019 年。

戊戌岁暮腊月廿五过洋口墟，市上空前繁荣有感

已承瑞雪兆年丰，腊尽梅残又一冬。

水可长流东入海，人焉不老寿如松。

九州沉醉贞观梦，百业难扶盛世农。

叫卖声中辞戊戌，几多往事叹无踪。

注：人老矣，多怀旧。此诗作于 2019 年冬。

游鹊桥谷

鸳鸯何处一绳牵，幽谷云深藏洞天。

红烛华堂千载继，秦仪汉礼百朝延。

莫嗔月老昏无女，应幸牛郎鹊有缘。

阅尽红尘情与爱，几人到此学神仙。

注：鹊桥谷为铜钹山一个新景点，以呈现历代婚俗为主，内容丰富，建筑华丽雄伟。

三江诗社五周年感怀

岁逝何怜白发新，人惭秋至社方春。

思洋初汇三江水，捉笔浑忘七序身。

饱学崇他五车富，虚名累我半生贫。

从今约伴溪山去，远避尘嚣竹作邻。

注：此诗作于 2019 年夏。

次韵永林先生《杂咏》

书生怀远志，憾事总多逢。

常欲心随鸟，哪知国属龙。

淮阴空恋位，范蠡不思封。

莫道红尘乱，山深有寺钟。

注：永林先生常有杂咏诗喻世，余时有同感。

纪念方志敏诞辰一百廿年

揭竿奋欲扫寒冬，怀玉山头雾锁浓。

势竞黄巢锋破竹，命如继业节垂松。

新碑已谱勋臣绩，故地何寻志士踪。

百廿年来天地换，慰君泉下恨千重。

注：此诗为三江社课同题诗，作于 2019 年。

卷四　词

水调歌头

漫道人生久，得意几年间。畏梳晓镜，缕缕斑鬓竞霜繁。早岁寒窗问字，十载山村觅食，年少总开颜。飘泊天涯久，终得一朝闲。

天易变，山难老，水不还。惟吾尚有，片纸数语记悲欢。一部春秋曾读，万里江湖独浪，此夕别征鞍。何必春常在，但使老心宽。

注：此词作于 2015 年，为余老来感慨之作。

望海潮·谒南京中山陵

六朝都会，石头城下，烟波万里匆匆。登阁倚危，钟山风雨，千年变幻无穷。往事逝波中。看玉阶层叠，碧瓦几重。雄塑巍巍，丹心碧血铸青铜。

人间几度秋风。叹斯人归去，伟业留踪。壮志未酬，遗言尚在，一碑铭记丰功。韶德万民崇。仰孤梅傲立，翠染虬松。一抹秋阳，清辉朗朗洒陵宫。

注：1998 年夏，余初游南京，谒中山陵瞻国父。

相见欢·闺思

漫漫十载相思，见何迟？晓起理妆迎客细描眉。朝夕盼，一腔恨，有谁知？窗外吱喳声急晓莺啼。

注：此词为和朋友唱和之作。

浣溪沙·丰溪行

薄雾蒙蒙望眼迷。轻纱一袭罩丰溪，涛声舟影自成诗。

绿树参差排两岸，彩虹横卧跨双堤。浓阴深处鸟欢啼。

注：此词为春游丰溪河堤之作。

醉花阴·秋蝉

薄翼生来工利口，惯宿堤边柳。性爱闹清宵，短唤长嘶，兴起忘昏昼。

纵然酷暑身渐瘦，枯调听依旧。夜语不眠人，夏去秋临，悔误春时候。

注：此词为 2020 年夏夜半听蝉即兴作。

减兰·奉和忘忧雪萝《元旦》

月圆月缺，惯看年年元旦节。逝水长流，流尽青丝成白头。

豪情何处，老去廉颇空自许。追昔抚今，一寸光阴一寸金。

注：忘忧雪萝，本名周艳琴。

三奠子·读师《三奠子·望乡》感怀

怅五更牵梦，心系中州。千里坂，稻粱收。故都城郭渺，铁骑莽原休。王侯气，靖康耻，水东流。

故乡何处？不尽离愁。身异地，月西楼。无情唯岁月，又逝一春秋。寒冬至，山川寂，眷思稠。

注：时师在开封市养病作《三奠子·望乡》，语中乡念浓浓，心中郁郁。

梅花引·丙辰冬，师问病北国，归来作《梅花引》寄余，和之

中原飞雪染苍头，此身流，岂心流。南雁归时，千里寄离愁。几案锦笺空泪湿，懒提笔，怕乡音，盼归舟。

旧楼旧楼忆梦稠，鸟唤幽，花谢秋。弱

柳弱柳叶渐尽，媚色难留。往事萦怀，雨织
瀛洲。故里溪山期待久，长北望，路迢迢，
思未休。

注：时师在开封养病时作《梅花引》寄余，余和
之词。

减兰·丁酉秋日寄师

溪边看柳，渐与秋塘荷比瘦。昨夜西风，
珠露初藏乱草中。

山居何事，后院种花人不累。归雁思乡，
莫待衡阳满地霜。

注：时师在北京养病，余思其早日归来。

浣溪沙·咏桂次王雪平诗友韵

默默幽花一树开。隔墙香透美人腮。芬芳
满袖自萦怀。

夜半风轻馨入梦，中宵影动月登台。是真是幻任君猜。

注：此词为诗友唱和之词。

临江仙·次方跃明先生《临江仙·广丰归来》韵

聚散缘何短促，怅望远去归蓬。青山绿水约重逢。婺乡迷桂碧，铜钹醉鹃红。

美酒无须清醒，好词最爱朦胧。澄波黄叶正秋浓。乐天歌野草，子美叹西风。

注：此词为和婺源方跃明会长游广丰时唱和之作。

念奴娇·依韵和师《丁酉九九次日寄友》

黄花初放，步溪畔、入眼漫天飞叶。岁岁重阳今又是，数到霜繁时节。一坂枫红，千山竹劲，梦里还铜钹。攀峰悟道，路弯山陡眸豁。

相看柳老荷残，流光堪叹，又见霜溪月。何处晨鸡啼破晓，起舞而今方歇。植桂前庭，捉虫后院，晚赋松梅雪。人生笑对，文章留与人说。

注：此词为和师唱和之作。攀峰悟道：此指登悟道尖。

满江红·五四青年节有感

故国回眸，百年史、二朝更迭。长蒙难、空谈民主，家枯国竭。四海已兴资本论，九州犹醉王权热。万里城，难御八联军，金瓯缺。

悲壮忆，堪刻骨。唤醒狮，男儿血。数书生救国，几多成烈。百载烟消华夏地，一朝霞照天安阙。纪忠魂，五四勒千秋，青春节。

注：此词为2019年纪念五四青年节所作。

谢池春·题师游中洲岛

水面悬弓，横跨碧波虹架。望中洲，丹青一画。朱亭华阁，绿草环幽榭。客纷来，赏春消夏。

先生兴至，也向此中消暇。忆陈年，怀悠寄雅。林阴何处？梦霞曾留舍。看今朝，闹街无夜。

注：中洲岛，萧梦霞生前居住地，在广丰县城，原水南夹洲，为师生前最后游览地。

青玉案·游铜钹山悟道尖

青峰一点冲天宇。绕山岭，幽篁路，结草筑庐云淡处。寒星孤月，冷庭苍树，长伴夫人悟。

素餐莫道清庵苦，百劫生灵难尽渡。寂寞山中听偈语：千金豪富，百年商贾，驭世无常主。

注：悟道尖，传为马氏夫人悟道之处。

丑奴儿·晚趣

荷锄莫笑山翁老，老学栽花。老学栽花，后院新编绿竹笆。

都言耕读书香事，新习涂鸦。新习涂鸦，满纸荒腔谁更夸？

注：此词作于 2020 年夏。

念奴娇·游广东崖门古炮台

空蒙海宇，问千古英魂，只今何觅？黛堞青苔曾有纪，血肉此间飞滴。利炮坚船，骄兵悍寇，掠地窥南北。珠江八口，当年烽烟燃赤。

故地今客徘徊，休言前事，易把悲欢织。

纵有官民同敌忾，何奈庙堂沉寂。百载雄关，千秋荣辱，刀剑人间息。凭栏纵目，远舟三两如鲫。

注：此词为余游广东时所作。崖门炮台为清代要塞珠江八口之一。

西江月·早春赴德兴打工，夜行遇雨

大雨荒山借宿，鸡鸣五鼓听樵。床头刁鼠戏饥猫，蛛网飞檐废庙。

已惯披星戴月，犹哀破絮残茅。今朝寄梦盼明朝，误了青春多少？

注：此词记五十年前赴德兴香屯大桥工地途中遇雨夜宿山顶破庙的景况。

沁园春·辞戊戌

逝雁无踪，逝岁难留，初度古稀。忆东风送绿，三江竞韵；灵山贺诞，四皓同辉。故国中兴，骚坛重振，十亿神州尽可诗。人易老，羡河山不老，万物芳菲。

千年往事如斯，殉国难、大夫遗楚辞。问寻常巷陌，几多赋举；堂前旧燕，何处身栖。经史长存，风流难驻，翰墨几家千古垂。翻新页，有长江后浪，万里鹏飞。

注：戊戌（2018）年，三江诗社五周年年会，余年届七十，三江诗社举办"庆四皓"活动（四位七十岁诗友）以纪念。

西江月·次陈晓壮先生题《丰溪早春》摄影照韵

鹭筏轻摇影动，碧波篙点身移。谁将淡墨绘春溪，大笔名家写意。

一阕新词易得，无穷遐思难遗。青山也向水中栖，几个渔翁画里。

注：此词作于 2020 年早春。

行香子·奉和少文先生《行香子·谷雨鹊桥谷诗会》

雨借东风，云散霄空。湖山里，乍现天宫。相偕墨客，来竞词雄。看几篇俗，几篇雅，几篇工。

丰溪雅士，鹊谷相逢。红绳系，月下仙翁。激情共有，豪气难同。叹少才俊，壮才溢，我才穷。

注：此词于 2017 年春铜钹山鹊桥谷诗会作，与吕少文先生唱和。鹊桥谷风景优美，为铜钹山新景点之一。

卜算子·题桃

此物属天宫，只献瑶池会。大圣当年食后遗，种落青虚外。

花已化飞仙，果惹凡人爱。何日寻君到市

摊，莫笑贪猴态。

注：此词作于 2020 年。

贺新郎·为梦霞诗社题

久有邀贤意。携瑶琴，竹林幽径，高山流水。长恨光阴烟飞去，转眼银丝杖履。空误了、几多才气。华愿而今随梦醒，笃寒宵、不问红尘事。且寄笔，莫谈志。

竹林此日风云汇。露峥嵘，笔犀手健，后生可畏。攀罢三岩登六石，都是丰溪雅士。竞泼墨、夏王可继。三载耕耘成过眼，立鸥盟、骚客思联袂。吴楚韵，飞鸿起。

注：此词为梦霞诗社成立而题。夏：明夏尚朴。王：唐王贞白。

鹊桥仙·七夕次王亨俊老师韵

北斗横空，银河无渡，牛郎欲上南天去。四边云汉雾茫茫，九重远隔归乡路。

田俩耕耘，鸳双宿露，此缘长被神仙妒。鹊桥此夕济多情，断肠人在天涯处。

注：此为梦霞诗友唱和之作。王亨俊：广丰区诗词学会会长。

鹧鸪天·寄故人借辛稼轩《鹧鸪天·代人赋》韵

雾锁苍山点点愁，春残不复柳枝柔。难期青鸟携红线，空有子规啼白头。

思未尽，恨何收。西厢月冷过清楼。可怜夜夜张生枕，捣去翻来那自由？

注：此词为酬年轻初恋而填，时有爱无缘，终作思念。

水调歌头·寄友

我有雕虫友，携手度闲年。舞文弄墨，几度弄斧鲁班前。时赋美人香草，空念高山流水，羞比伯牙弦。坐井夸天阔，日日事吹弹。

欲登天，却落地，入人间。茫然四顾，何奈混作俗中仙。拔剑举杯起舞，脱帽挥毫掷笔，一醉付酣眠。自叹红尘客，相惜更相怜。

注：此词作于 2020 年，与诗友唱和之作。

诉衷情·读李敏《诉衷情》感作

百无聊赖坐芸窗，一缕入斜阳。归园欲觅新赋，花落尽，草初黄。

秋已至，意添凉，鬓渐霜。此生何幸，少浪天涯，老效江郎。

注：此词作于 2021 年，与诗友李敏唱和之作。

清平乐·题友人小舍

清溪虽小，碧水门前绕。翠竹园中多杂草，瑰媚茶妍春早。

难驰骏马飞车，幽幽石径弯斜。借问君居何处？小桥流水人家。

注：此词作于 2021 年春，时访友未遇。

苏幕遮·和师《春游》

柳萌青，桃竞秀。九曲莺堤，处处香笼袖。踏水渔翁抒猿手。轻点长篙，两岸青山走。

雨初晴，云织绣。胜日寻芳，传柬邀吟友。莫道思春人易瘦。沉醉东风，只为春如酒。

注：此词作于 2015 年。

桂殿秋·次韵师《桂殿秋·月亮湾夜宿》

波淼淼，筏悠悠。青峰卧水月悬钩。松间美酒和诗酌，半醉良宵半醉秋。

注：此词作于 2015 年，与蒋老师唱和。月亮湾为铜钹山九仙湖中一景点。

临江仙·度晚

偕侣归来秋日暮，溪边重扫琴庐。庭前园后绿如初。腊梅凭雪傲，修竹倚窗疏。

送雁迎鸿忙底事，书斋整日暇无。贤妻侍墨伴闲余。悄言相试问：肯否习诗书？

注：此词作于 2009 年。时余自贵州还乡与妻子共扫旧庐，一家团聚。

浣溪沙·黔西风光

莫道黔山百丈高。围篱筑舍半山腰。碧纱

窗外白云飘。

我爱一枝青瘦竹，谁栽几树绿芭蕉。山庄作客不须邀。

注：此词作于 2008 年春，时在贵州六盘水务工。贵州风光优美，令人难以忘怀。

浪淘沙·春到苗家

黔地路行难，万壑千山，龙蟠虎踞有奇观。袅袅炊烟峰际上，飘入云端。

溪水绕弯弯，茅舍几间，绿蕉青竹四周环。半岭新桃花怒放，无限娇颜。

注：此词作于 2008 年春，时在六盘水。

最高楼·黔西冬归与友饯别

长亭望，落叶舞西风，归路暮云笼。山川一别遗残梦，天涯何处再相逢。只而今，君独北，我孤东。

二百日、梦回烟漳地，八百里、远看东逝水。怀旧地，长由衷。平生浪迹家何在，风花雪月转头空。苦闲余，朝望雁，晚思鸿。

注：此词作于 2009 年冬，为与友人作别归家之作。

忆秦娥·过娄山关感怀

烽烟促，狂飙二度摧枯木。摧枯木，娄山马嘶，筑城人哭。

雄师北上征途曲，红旗漫卷中原逐。中原逐，蛟龙入海，乾坤谁属？

注：此词为余在贵州时路过娄山关怀旧所作。

长相思·黔西感怀

风满楼，叶满楼。月落三更梦里秋，他乡寄客愁。

江东游，黔西游。万里山河看未休，可怜白了头。

注：此词作于 2008 年秋。

江城子·三峡怀古

朝天晓发踏波行，过江陵，下江城。水涌船飞，巨舸若毛轻。高峡擎天江半截，方浪急，又波明。

英雄事业几人成？坐襄荆，拥川平。遗恨吞吴，百里烧连营。千古悠悠流不尽，吴水碧，蜀山青。

注：此词为忆 1998 年过三峡作，当年三峡大坝尚未建成。

醉落魄·西归咏怀

六盘孤月，客楼夜冷冬时节。归心寂寞何人说？记得来时，千里茫茫雪。

朔风有意摧残叶，多情终作无情别。男儿纵是心如铁，旧地回眸，滚滚心潮热。

注：此词作于 2009 年冬。贵州归乡感怀。

如梦令·秋归

风雨一生何有？围篱筑舍山后。度晚待秋归，满院桂花香透。离久，离久，一柜宋唐书旧。

注：此词为 2009 年黔西归来所作。

卜算子·黔西观梨花

白雪盖青枝，犹是莺歌处。蝶乱蜂忙客满山，冷落桃花路。

姿色艳无伦，更带霏霏雨。看尽人间紫映红，独有芳心素。

注：此词为 2006 年春在黔西所作。

醉花阴·正月小酌

抒卷溪山思墨翰，梦醒诗篷断。雁友各飘零，万语千言，都付几声叹。

坊间小酌无帘幔，只待春风唤。心醉玉壶香，欲诉云笺，呵笔东斋案。

注：此词为2012年初春与诗友聚酌时所作。

酷相思·和师见寄

日暮英雄空有泪，莫谈论，凌云志。对窗外、丰溪长逝水。师感慨，鱼书里；生感慨，鱼书里。

放下人间烦恼事，赴花约，和诗醉。问天外、蓬莱何处是？春作伴，相携至；秋作伴，相携至。

注：此词为2012年与师唱和之作。

西江月·游塔底张叔夜祠

铁马冰河梦断，忠魂寂寞南归。那堪二帝被胡欺，自古艰难一死。

报国此心已了，还乡夙愿何迟。青山绿水绕公祠，香火千秋祭祀。

注：此词为 2010 年游铜钹山时所作。张叔夜祠在铜钹山灵鹫寺旁。

沁园春·十一游长城

华夏奇观，绝世名城，万里纵连。昔中原初统，北疆未靖；三边烽火，九派狼烟。汉武秦皇，劳民百万，终筑金汤铁桶坚。凭栏叹：此千秋功业，亘古谁先？

悠悠沧海桑田，何曾见、当年喋血川。驾香车宝马，堂堂豪客；花容玉貌，楚楚婵娟。世值开元，人逢佳节，胜迹攘熙客万千。君知否？我河山雄伟，尽在幽燕。

注：此词为 1993 年游长城后作。

西江月·赤壁怀古

大浪千重压顶，雄兵百万如潮。辕门翘首忒心焦，急盼东风借到。

铜雀高台一赋，江南绝代双娇。英雄自古醉妖娆，赢得千秋说道。

注：此词为 2015 年时怀古所作。

念奴娇·登岳阳楼

烟波缥缈，豁明眸、千里水天无隙。斜日洒辉浮水面，尽染秋湖金碧。锦鲤翻波，渔舟摇浪，白鹭蓝天击。明珠谁赐，洞庭姿可倾国。

吴梦多有名楼，醉巴陵古韵，三湘胜迹。

诗集唐贤词宋杰，饱览千秋神笔。忧国双公，倾城一墓，空对流芳册。临风危倚，古今多少过客。

注：此词为 2010 年游岳阳楼时所作。双公：指范仲淹、滕子京。一墓：指小乔墓。

破阵子·游带湖辛弃疾旧居

归梦忧怀付笔，雄词浩气吞胡。壮岁中原驰铁马，垂老临安忆故都，旌旗北望无。

秋日论禅古刹，晚来醉卧鹅湖。纵有平戎书万卷，怎抵消愁酒一壶，信州遗旧庐。

注：此词作于 2019 年偕友游信州辛弃疾旧居时。

贺圣朝·游小丰

山中晓雾笼轻嶂，水云山边漫。小溪无路绕青山，总被山遮断。

古樟幽舍，小桥拱卷，卵石堆堤岸。山村百载秀丰姿，洞天诗苑。

注：此词为 2008 年游铜钹山时所作。

菩萨蛮·春

乱莺啼啭争新柳，小园梅谢幽篁瘦。寒食雨霏霏，东山扫墓归。

东风闲不住，润物无遗处。江北菜花黄，江南蜂蝶忙。

注：此词作于 2009 年春。

一剪梅·题杭州西湖

千顷澄波一小舟，载酒三潭，弄月清秋。五湖豪客四时游，冬赏寒梅，夏伴汀鸥。

今日杭州胜汴州，美女如云，歌舞无休。倚栏隔水望孤山，山外青山，楼外高楼。

注：此词作于 2010 年游杭州时。

夜行船·九江浔阳楼怀古

白壁题诗醒复睡，是男儿、震天撼地。八省英雄，梁山好汉，此日江州云汇。

逝水千年流往事，望浔阳、几朝兴废。墨客无踪，名楼有迹，美酒古今同醉。

注：此词为 2015 年游九江时怀古所作。

沁园春·游博山寺庙会

胜日邀朋，陋室谈经，北郭问禅。步旁山小径，林遮草掩；依轩涧水，石激珠弹。万树披青，丝云飘白，层阁重楼袅淡烟。幽静处，听晨钟暮鼓，驻佛栖仙。

山门马吼人喧，八方客、扬尘十里连。进清香一炷，金身高耸；莲台三拜，宝相庄严。

布法群僧，开坛方丈，擅越廊前写善捐。吾辈惭，唯粗文浅赋，聊结仙缘。

注：2012年春余偕友游博山寺适逢庙会。

渔家傲·伤春

雨打榴花红满地，玉兰香殒桃憔悴。盼得春来匆又逝，清溪里，多情片片随流水。

匹马天涯如昨事，疏才浅学难成器。霜染髭须秋候至，身老矣，逢人羞说当年志。

注：此词作于2010年初夏，时余已六十有二。

卜算子·和师咏菊

身有傲霜枝，赢得千秋赞。启后承前舍我谁，莫怪相逢晚。

姿艳万家盆，情重陶公苑。携竹偕兰论品诚，魂与梅花伴。

注：此词为2010年与师唱和之作。

定风波

日暮归家歇此身，草堂整得旧如新。悟透人生荣辱事，心累，诗书伴我度残春。

弄墨无师难化境，陶性，吟诗有幸和高人。闲赋东斋窗外竹，知足，寒庐虽僻有佳宾。

注：此词作于 2010 年。

西江月·游博山寺路边小店

大佛莲台一别，晨钟暮鼓常思。闲来携友漫寻诗，红叶秋山古寺。

莫道鲈鱼味美，相依碧水神怡。谁家小店临清池，到此何妨一醉。

注：此词作于 2010 年夏。

三奠子·登永和塔

倚半云霄处，鸟瞰尘寰。依碧水，峙青山。田园千里绣，村郭几泥丸。春颜色，夏风景，画中看。

小桥流水，绿树围环。铺石径，砌玉栏。商楼平地起，高宅入云端。千家盼，万家怨，几家欢？

注：此词作于 2010 年秋。时登永和塔，观城中遍地开发新楼。

清平乐·鹦鹉

眠堤宿柳，晓起枝间逗。翠羽红衣夸锦绣，百啭羞莺闭口。

人间何处天堂？笼中看尽炎凉。恩宠来之不易，全凭巧舌如簧。

注：余家居丰溪河畔，时闻啼鸟，昨乍听鹦鹉别

有感悟。

临江仙·无题

莫信当年山海誓，而今尝尽生离。舍前荒径冷孤栀。倚门朝夕盼，枕畔抑相思。

杨柳春风回首处，可怜心事谁知？镜中斑鬓杂青丝。书斋文卷在，挥洒忆君姿。

注：此词为忆友，作于2012年秋。

满江红·连宋归访

一峡波涛，天涯处、风高浪急。两岸隔、弟兄分道，操戈同室。划海谁遗离散恨，思乡空有团圆策。怅西风岁月老英雄，髭须白。

清明祭，中秋夕。冬至过，年关逼。望朝朝雁去，更无消息。故国魂牵游子梦，山川情系离人结。盼今朝大义释恩仇，言归璧。

注：此词为国民党连战、亲民党宋楚瑜访华时所作。

摸鱼儿·悼程金水、汤伯鲁二前辈

问青山：此中何处，长栖先哲茔墓？阴阳诀别三年漫，怅对苦风凄雨。谁可诉？忆往昔，云中折翅鸿伤羽。有君呵护。而今路迢迢，孤身只影，前路更谁顾。

人生事，应是如霜似露，春花秋月难驻。瀛洲半纪群贤去，满眼落英飞絮。伤日暮。看古镇，故人遗老还余许？光阴暗度。唯北峙青山，西奔碧水，默默对今古。

注：此词作于 2010 年。程金水、汤伯鲁均为洋口镇贤哲，平时对余帮扶颇多。

金缕曲·悼志正友

横祸飞来骤。痛良朋、早归驾鹤，别亲辞友。解脱人间千万累，魂骋星空宇宙。赴极乐、暮春时候。堂上可怜孤老母，发苍苍、泪湿重衫透。妻半路，不相守。

黄泉一去难回首。叹人生、明君未遇，激情空有。生不逢时悲动乱，负却才高八斗。终落个、身贫家陋。尘世总遗千古恨，问苍天、怎不与君寿。黄土岭，百松茂。

注：志正姓占，为余挚友，曾为同门习艺，因脑溢血英年早逝。此诗写于 2010 年。

调笑令·奉和师《武大郎开店》

炊饼，炊饼，今日已非昔景。门前武字招牌，店里三寸小鞋。鞋小，鞋小，困倒英雄多少？

注：此为与师唱和之作，讽世上妒才嫉贤之人。

永遇乐·北京某会所被查

明月清风，良宵如昼，几家豪聚。天上人间，人间天上，都是消愁处。黄金勾魄，葡萄寄梦，醉倒几多娇女。看华市，朱门酒肉，何曾臭遗千古。

千年百代，烟花依旧，演绎人间酸楚。旧贵新星，弄潮驭浪，犹是豪门主。太平盛世，高楼蔽日，遍地霓裳歌舞。更谁忆，逢年庆节，旧时社鼓。

注：有感北京某会所被查，写于 2010 年。

水调歌头·古镇今昔

过往千帆影，碧水绕瀛洲。波涛滚滚西去，一埠泊行舟。汇聚浙闽商贾，流转三江货物，烟火骤然稠。百载经营盛，人气一时牛。

韶华逝，光阴促，岁难留。星移物换，几

见古镇起沉浮。卵砌长街已改，石拱亭桥渐旧，迷眼看高楼。世上兴衰事，一往水东流。

注：此词作于 2010 年，有感洋口新旧巨变。

如梦令·落花

逐水随波千里，谁解落花心意。一路伴君行，此去今生不弃。情寄，情寄，万苦千辛无悔。

注：谨以此词献给相濡以沫的糟糠。

唐多令·李后主

夜雨不堪风，秋声老绿桐。欲凭栏、泪眼朦胧。翰墨胭脂难治国，驭韵客，不成龙。

寂寞忆吴宫，小楼人去空。旧庭园、几树花红。倘使江山长在握，更谁读，水流东。

注：此词写于 2010 年，是与诗友唱和之作。

唐多令·次油富《唐多令·辛弃疾》韵

挥笔世人惊,风雷入仄平。字行间、万骑摧营。豪气当年今尚在,书戎册,借辰星。

空有万千兵,未闻逐寇声。望中原、何日功成?白发征胡终有日,英雄泪,动雷霆。

注:此词写于 2010 年,是与油富唱和之一。

六州歌头·秦殇

九州一统,六国漫无疆。兵争地,硝烟息,宝刀藏。觐秦王。回首前朝事,舜尧治,汤商继,诸侯乱,东周落,俱消亡。南北河山,铁骑无踪影,重种农桑。有匈奴关外,万里筑城长。一枕黄粱,世荣昌。

拥三千丽,后宫仄,前殿旧,筑阿房。焚书卷,坑儒子,固庙堂。举国殇。宝座方初暖,魂归去,起阋墙。刘项宴,咸京失,覆龙床。逐鹿中原又是，旧烽火，遍野茫茫。读史到此，问历代君王：何必空忙？

注：此词为咏史之作，写于 2010 年。

念奴娇·春日送弟赴广州

孤雁南去，正春暮、岭外花飞初歇。倦驿茫茫尘漫处，风拂几丝华发。醉里缠绵，梦中惊唤，只为伤离别。世间何事，教人肠断心竭。

前路千里关山，何处乡音？唯见家乡月。不到东篱花事动，不惜团圆时节。相聚何疏，相思何炽，几度心头热。天涯遥望，雁书频寄殷切。

注：此词作于 2013 年送弟赴广州时。

青玉案

横塘碧水莲池藕，总难忘，黄昏后。独对孤灯吞苦酒。半园修竹，一堤垂柳，伴我同消瘦。

春光冉冉融东牖，半幅衣襟珠泪透。寂寞芸窗慵坐久。山盟犹在，桃花依旧，何日重携手。

注：此词作于 2013 年。

蝶恋花·次葛老师《蝶恋花·屏风山》韵

荒岭当年唯兽道，独卧城南，仰望苍穹昊。岚气春来岗顶绕，半山小寺千松抱。

盛世乾坤换华表，大笔宏图，巧夺天工妙。一径林深招百鸟，玉屏映水溪山俏。

注：此词为与诗友葛彩锭游广丰水南屏风山唱和。

鹧鸪天·清明悼母

鸡㜷山前绿阴浓，断肠岁岁对青松。七年一别萱恩尽，千古长眠世事空。

思不尽，泪无穷。慈颜几度梦魂中。人间万物随春醒，唯有黄泉路不通。

注：此词作于 2005 年，是清明为母扫墓所作。慈母逝于 1998 年春天。

疏帘淡月·读师《杜甫草堂凭吊》

几间茅屋，铸千古诗魂，一代名宿。三别何堪，三吏雕形更酷。长安岁月如云梦，别君銮、渔阳归促。万家声咽，桑田人杳，野吟当哭。

叹离乱，孤舟入蜀。对浊杯浑酒，寄情松竹。落木萧萧，一卷千年犹读。律枷化作霓裳舞，绝空前、更无人续。峡巅哀鸟。江波浸月，草堂遗馥。

注：此词为 2015 年与师唱和之作。

风流子·秦淮河怀古

几回江山易，秦淮水、依旧弄涛声。看六朝歌舞，何曾消歇；五湖豪客，珠宝纷呈。浪摇影，烟笼波上舫，灯火一河明。夫子庙旁，琵琶声里，粉墙春盍，人妙曲馨。

漫抚前朝事，风流剩多少？唯有遗京。遍数隔江商女，更少心倾。叹朝宗情笃，桃花扇薄；美人归去，越客思深。遗此石头城下，涕泪弹评。

注：此词为 2015 年与师唱和之作。

月上海棠·奉和宜虎

少年不识情何物，好逞豪、轻言拒金玉。

便遗来日，断肠人、尝尽孤独。待回首，逝水东流不复。

春风又染江南绿，叹人生、华年去何倏。望断归雁，诉心声、丝缠情笃。恨无穷，此误今生怎赎。

注：此词为与诗友宜虎唱和之作。

江城子·和葛老师《江城子·夏钓》

劝君五月走山乡，出城墙，入幽篁，一径青泥，深处有荷香。迎面鸭鹅纷沓至，争戏水，竞池塘。

山川昨夜卸浓妆，柳丝长，鸟声苍。清昼思眠，慵日坐芸窗。待向田间重拾韵，花虽谢，苑犹昌。

注：此词是与葛彩锭老师唱和之作，写于2017年。

虞美人·清明

斜风细雨何时了，泥障东山道。杜鹃啼血唤清明，归路迢迢，万里客愁生。

连丘黄土青碑盖，泪洒阴阳界。荣华富贵转头空，昨日王侯，今日伴青松。

注：此词写于 2018 年春。

更漏子·为贪官题照

六月天，空调爽，好梦醒来心旷。太平世，静硝烟，歌楼醉八仙。

今晚醉，明朝睡，百姓道俺身累。两袖里，更谁知，深藏百万资。

注：此词有感世上贪官，作于 2020 年。

离亭燕·下放大南有感

辗转冬宵难耐，鸡鸣五更窗外。只为朝中多动乱，背井离乡无奈。晓看陌村庄，黄土荒丘连界。

瓦屋泥墙低矮，箬笠蓑衣随带。春种秋收年复月，消逝青春无价。归计更何年，唯有梦中期待。

注：此词为忆下放农村而作，作于 2020 年。

沁园春·题梦霞诗社创刊号

千仞三岩，百里丰溪，几处听诗？叹前朝博士，文争风采；当今巨擘，钱铸丰碑。我本无钱，唯唯有意，立雪经年始得师。头尽白，竟情深一往，尽注欢悲。

年来文事堪思，复唐韵、而今习恐迟。竟万家千社，长歌短赋；南流北派，婉令豪词。

小邑风生，吟坛云聚，携咏桑榆乐不疲。台初创，赖众贤同力，莫负天时。

注：此词写于 2018 年梦霞诗社成立之际。

青玉案·鼠说

三分仙骨能知卦，众肖里，吾为大。损物偷油君莫怪。养猫纵犬，安笼投药，难把江山改。

都言俺是人间害，长宿官仓粟如海。吞噬皇粮更谁逮。境迁时易，改朝换代，长共生民泰。

注：此词写于 2020 年，读《十二生肖对你说》戏作，鼠年作鼠说。

后 记

《丰溪拾韵》在千呼万唤中终于杀青付梓，这让我长吁一气。

仔细想想，我一路走来，还真的不那么容易。其实，写诗填词并不是我的专业，如果说我这辈子有什么专业的话，那就是搬砖垒石。

我是半路出家开始学诗的，学诗的目的很简单，就是打发空闲时间，让自己老有所为、老有所乐。当然，爱上古典诗词完全是因为她的美：句式美、音律美、意境美……这种美，深深地震撼了我，让我仿佛品到了历史的春天，人生的春天，世间的春天，生活的春天。我感觉自己年轻了许多，浑身充满力量。

蹒跚学步习诗的时候，我如同早年学石匠，先学技、后参理，摹其形、悟其神，学着学着就会走了。走了二十来年，案头便积了一叠一叠的诗稿，于是有人劝我出诗集。我开始很犹豫，真的觉得自己人老而诗不老，那些风晨月夕推敲出来的诗词还很稚嫩，自娱自乐可以，真要结集出版好像还不到火候。后来转念一想，也罢，出个集子就当是对自己的诗路历程作个总结吧。再说，也可以为那些正在诗路上行走的人提供一些借鉴，算是自己对诗词事业的发展作的一点贡献。其实，这个诗集就像是一个果子，是甜是涩，请读者自品。

广丰是一个人杰地灵的地方，这方沃土，不知孕育和滋养了多少俊彦贤能。可以说，这是一块非常适宜诗词生长和诗词创作者成长的地方。在这里，诗坛贤哲辈出，王贞白、夏尚朴、萧梦霞等人就是众多诗家的代表，他们留下的诗篇，缀玉联珠，足以激励后人耕耘不息。在这里，如画的山水随处可见，三岩、六石、七星、九仙等自然景观引人入胜，给文人墨客留下无穷的想象天空。在这里，历史文化厚重，博山的稼轩书舍、排山的天下第一洞天，以及王家大屋古老建筑等人文景观，更是吟者吊古凭临的好去处。最近十多年，广丰诗坛人才济济，活跃度排名在上饶市乃至整个江西省都是位置靠前的。2010年，首次成立了广丰县诗词学会。2014年创建了面向上饶市的三江诗社，这个诗社是后来江西省信江诗词楹联学社的前身。2017年又组建了梦霞诗社，至今方兴未艾。假如，我在诗词方面有些寸进的话，那正是在这样的大环境中一步一步成长起来的。

在我的习诗路上，还有《丰溪拾韵》能够顺利出版，得到了很多良师益友的关心关爱和帮助。比如，我的已故老师蒋敦鑫先生，他有深厚的文学功底，又有诲人不倦的博大胸襟，他既是我的老师又是我的挚友，我在学习中遇到的疑问，他都一一帮我阐释化解。还比如陈骥先生，他也是我学诗的师友，对我的帮助是多方面的，尤其是他多次慷慨地赠送了我很多学习资料，为我诗词创作提供了支持。再比如刘国强先生，平时彼此唱酬，相互交流切磋，受益良多。特别是整理《丰溪拾韵》稿本，他牺牲了不少时间夜以继日地勘误校正，发现问题会及时提出一些中肯的、宝贵的修改意见，尽心尽力为《丰溪拾韵》润色。另外，我的家人，我的朋友，尤其是在拾韵路上相互陪伴、相互鼓励的诸多诗友，同样给了我许多关怀、许多温暖。在此，我对所有给予我帮助的亲朋好友和老师表示诚挚的谢意。

　　《丰溪拾韵》收集了本人自习诗词起至 2020 年止的部分作品，由于本人水平有限，认知浅薄，尤其是前期的一些作品，难免存在这样或那样的瑕疵，诚望各位方家和广大读者给予批评指正，老朽不胜感激。

傅金良

2023 年 5 月 13 日于丰溪之畔